Karl Ernst von Baer

Das fünfzigjährige Doktorjubiläum des Geheimrats Karl Ernst von Baer

29. August 1864

Karl Ernst von Baer

Das fünfzigjährige Doktorjubiläum des Geheimrats Karl Ernst von Baer
29. August 1864

ISBN/EAN: 9783743696457

Hergestellt in Europa, USA, Kanada, Australien, Japan

Cover: Foto ©Raphael Reischuk / pixelio.de

Weitere Bücher finden Sie auf **www.hansebooks.com**

DAS

FÜNFZIGJÄHRIGE DOCTOR-JUBILÄUM

DES GEHEIMRATHS

KARL ERNST VON BAER,

AM 29. AUGUST 1864.

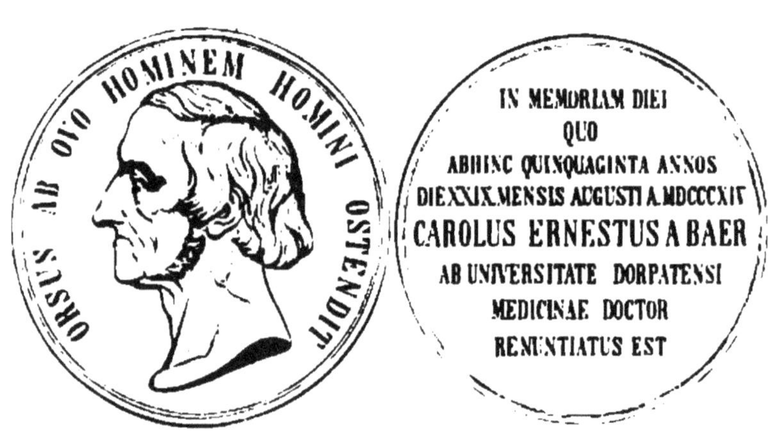

ST. PETERSBURG.

BUCHDRUCKEREI DER KAISERLICHEN AKADEMIE DER WISSENSCHAFTEN.

1865.

Ist es in der gelehrten Welt herkömmlich den Tag feierlich zu begehen, an welchem ein halbes Jahrhundert der gelehrten Thätigkeit eines ihrer Mitglieder zu Ende geht, so begreift man wohl leicht, wie eine solche Feierlichkeit zu einem aussergewöhnlich seltenem Feste wird, wenn der Jubilar durch hervorragende und Epoche machende Entdeckungen eine der ersten Grössen in der Wissenschaft ist und den Stolz und die Zierde seines Vaterlandes bildet. Besonders gesteigert wird die Theilnahme, wenn noch der Umstand hinzukommt, dass der Jubilar bei rastlosem und unermüdetem Forschen im Dienste der Wissenschaft zugleich bemüht gewesen ist die Resultate der Forschung dem grössern Publikum zugänglich zu machen und bei diesem Streben nie den eigenen Vortheil, sondern stets das Interesse des Vaterlandes und der Menschheit im Auge gehabt hat. Das allgemeine Verlangen der vielen Verehrer, welche den 29. August, d. h. den Tag, an welchem vor 50 Jahren Karl Ernst von Baer in Dorpat zum Doctor der Medicin promovirt worden war, auf eine des Jubilars würdige Weise gefeiert zu sehen wünschten, veranlasste schon im Anfang des Jahres acht Freunde und Verehrer des Jubilars zusammenzutreten, um über die Feier des Tages zu berathschlagen. Es waren dies der bald darauf zum Präsidenten der Akademie ernannte Generaladjutant Admiral Fr. von Lutke, der Geheimrath Georg von Brevern, der Rector der St. Petersburger Universität Geheimrath E. Lenz, der Generalstabsdoctor der Flotte Geheimrath Dr. C. Rosenberger, der beständige Secretär der Kaiserl. Akademie der Wissenschaften Akademiker C. Vesselofski und die Akademiker Böhtlingk, Schiefner und Owsjannikow. In Folge wiederholter Berathung kam man überein durch Sammlungen innerhalb der Gränzen des russischen Reiches eine Summe zusammenzubringen, aus der zum Gedächtniss des Ehrentages eine goldene Medaille geschlagen und auf ewige Zeiten ein Baer'scher Preis für Werke aus irgend einem Gebiete der Naturwissenschaften gestiftet werden könnte. Die einzelnen Mitglieder des Jubelcomités liessen es sich angelegen sein die gelehrten Gesellschaften des In- und Auslandes von der bevorstehenden Feier in Kenntniss zu setzen und nachdem die Allerhöchste Genehmigung zu derselben erfolgt war, gingen sie selbst und andere von ihnen dazu aufgeforderte Freunde und Verehrer des Jubilars daran die Sammlungen zu veranstalten. Zum Hauptcassirer wurde der Akademiker O. Böhtlingk ernannt. Die Sammlungen nahmen einen höchsterfreulichen Fortgang. Es betheiligten sich an denselben Personen aus allen gebildeten Ständen des Reiches, insbesondere aber Aerzte und Naturforscher. Es gingen Beiträge von 20 Kop. bis 1000 Rubel von einer Person ein, 977 Personen aber zeichneten 3 Rub. oder mehr; diesen letztern konnte ein Bronze-Exemplar der Medaille zur Erinnerung an die Feier in Aussicht gestellt werden. Der Stempel zur Medaille wurde bei einem einheimischen Künstler, dem Akademiker Tschukmassow bestellt, die Prägung der Medaille aber dem Kaiserlichen Münzhofe übertragen.

Am Jubeltage betrug die Summe, welche durch Sammlungen zusammengebracht worden war, 8284 R. 98 Kop. Unter diesen Beiträgen ist besonders der des Geheimraths Baron Stieglitz hervorzuheben, welcher durch Vermittelung des Redacteurs der deutschen Zeitung Dr. Fr. Meyer 1000 Rubel einsandte mit der Versicherung, dass es ihm zur grössten Freude gereiche sich betheiligen zu dürfen, da er zu den aufrichtigsten Verehrern des in jeder Beziehung so hochverehrten Geheimraths v. Baer gehöre.

Es beeiferten sich die drei Ostseeprovinzen, namentlich Ehstland und an der Spitze Reval, in welcher Stadt der Jubilar der Ritter- und Domschule einen Theil der Jugendbildung verdankte, sowie Dorpat, das ihn zum Doctor creirt hatte, auch durch ihre Geldbeiträge ihre innige Theilnahme an der Feier an den Tag zu legen. Die gelehrten Anstalten des Reichs, sowohl die Universitäten als auch die naturforschenden und andere Gesellschaften, dann aber auch die Vorstände verschiedener sowohl öffentlicher als Privatlehranstalten liessen es sich angelegen sein für die Sammlungen bestmöglichst Sorge zu tragen. Grössere und kleinere Städte, in denen der Jubilar bei seinen wissenschaftlichen Expeditionen längere oder kürzere Zeit geweilt hatte, waren bemüht ihrer Theilnahme einen kräftigen Ausdruck zu geben. Beispielsweise nennen wir Tiflis, Astrachan und Narva. Beiträge von Aerzten kamen sogar aus dem Wjatkaschen und Tobolskischen Gouvernement.

Bereits im Monat März fasste die ehstländische Ritterschaft, welcher der Jubilar durch seine Geburt angehört, auf dem Landtage zu Reval den Beschluss zur Feier des 29. August eine Summe von 2500 Rubeln auszusetzen, um vermittelst derselben den Druck einer ausführlichen Autobiographie des Jubilars und eines ausführlichen Catalogs seiner sämmtlichen wissenschaftlichen Leistungen zu bestreiten. Die livländische Ritterschaft, welche leider erst nach dem Schlusse des Landtags zu Riga von dem bevorstehenden Jubiläum Kunde erhielt, versäumte es nicht durch ihr Landrathscollegium einen Beitrag zu decretiren, und auch das kurländische Ritterschaftscomité beeilte sich der ersten Aufforderung nachzukommen.

Bereits am 6. August wurde der Jubilar durch S. E. den Herrn Minister der Reichsdomänen A. Selenoi und am 11. Aug. durch S. E. den Herrn Minister des öffentlichen Unterrichts A. Golownin nebst Glückwunsch davon benachrichtigt, dass S. M. der Kaiser durch einen Allerhöchsten Ukas vom 22. Juli an den Herrn Finanzminister allergnädigst geruht habe ihm auf Anlass des bevorstehenden Doctorjubiläums und in Betracht seiner wissenschaftlichen Verdienste statt der Arrende aus dem Reichsschatz im Laufe von zwölf Jahren dreitausend Rubel jährlich anzuweisen. Der Text des Allerhöchsten Ukas lautet:

Господину Министру Финансовъ.

По случаю предстоящаго въ Августѣ сего года пятидесятилѣтія со времени полученія Тайнымъ Совѣтникомъ Академикомъ Бэромъ степени Доктора, и во вниманіе къ ученымъ его заслугамъ Всемилостивѣйше повелѣваемъ производить ему, вмѣсто аренды, изъ Государственнаго Казначейства, въ продолженіе двѣнадцати лѣтъ, по три тысячи рублей серебромъ ежегодно.

На подлинномъ собственною Его Императорскаго Величества рукою написано

22 Іюля 1861 года
Красное Село.

«АЛЕКСАНДРЪ.»

Контрасигнировалъ Министръ Государственныхъ Имуществъ А. Зеленой.

Am 29. August wurde der Jubilar, dem die Seinigen eine entsprechende Familienfeier bereitet hatten, schon am frühen Morgen durch ein Telegramm aus Ragatz in der Schweiz von Ihrer Kaiserl. Hoheit der Frau Grossfürstin Helena Pawlowna begrüsst. Es lautet:

Wenn der heutige Tag ein Ehrentag der Wissenschaft ist, die in Ihnen einen Meister und Beförderer fand, so ist er auch mir ein Tag herzlicher Feier, die ich Ihrem edlen Streben nahe stand und neben dem ausgezeichneten Gelehrten den trefflichen Mann und Denker in Ihnen liebe und verehre. Gott erhalte Sie uns noch viele Jahre.

HELENE.

Hieran schloss sich eine an demselben Tage aus Bickenbach bei Darmstadt abgesandte telegraphische Gratulation von I. K. H. der Grossfürstin Catharina Michailowna und deren Gemahl, dem Herzog Georg von Mecklenburg.

Die verschiedenen Gaben und Glückwünsche, welche sowohl officielle Deputationen als auch Freunde und Verehrer des Jubilars im Laufe des Vormittags darbrachten, sind folgende:

Der General-Adjutant, Admiral Fr. von Lütke, Präsident der Kaiserlichen Akademie der Wissenschaften, überreichte als Vorsitzender des Jubel-Comités die Stiftungsurkunde der v. Baer'schen Prämie und die zu Ehren des Jubilars in Gold geprägte Medaille. Diese zeigt auf der Vorderseite den Kopf des Jubilars mit der Umschrift:

ORSVS AB OVO HOMINEM HOMINI OSTENDIT,

auf der Rückseite trägt sie folgende Aufschrift:

IN MEMORIAM DIEI
QVO
ABHINC QVINQVAGINTA ANNOS
DIE XXIX MENSIS AVGVSTI A. MDCCCXIV
CAROLUS ERNESTUS A BAER
AB VNIVERSITATE DORPATENSI
MEDICINAE DOCTOR
RENVNTIATVS EST.

Der Wortlaut der Stiftungsurkunde aber ist folgender:

Imperatori Augustissimi permissu ad celebrandum diem XXIX mensis Augusti anni MDCCCLXIV, quo CAROLUS ERNESTUS A BAER ante haec decem lustra *medicinae doctor* ab universitate Dorpatensi renuntiatus est, ex stipe intra imperii Rossici fines ab amicis et cultoribus Viri summi ultro collata nummus factus est rei memoriam serae posteritati propagaturus, cuius nummi exemplum aureum Viro illustrissimo oblatum est. Reliqua stipis collatae summa annuente Imperatore Augustissimo destinatur praemio BAERIANO in omne aevum condendo condicione ea, ut usurae hujus pecuniae iis, qui de rebus physicis bene meriti fuerint, per intervalla tribuantur secundum leges a BAERIO cum viris, quos ipse delegerit, constituendas et promulgandas.

Haec ita acta esse testantur:

Fr. Lütke.
G. de Brevern.
E. Lenz.
C. Rosenberger.
C. Vesselofski.
O. Boehtlingk.
A. Schiefner.
Ph. Owsjannikow.

Petropoli die XXIX mensis Augusti anni MDCCCLXIV.

Der beständige Secretär der Kaiserlichen Akademie der Wissenschaften, C. Vesselofski, verlas darauf die Adresse der Akademie, welche er im Namen sämmtlicher Mitglieder der Akademie überreichte. Sie lautet:

VIRO ILLVSTRISSIMO

CAROLO ERNESTO A BAER

IMPERATORI TOTIVS ROSSIAE AVGVSTISSIMO A CONSILIIS INTIMIS, EQVITI COMPLVRIVM ORDINVM SPLENDIDISSIMO,
SOCIO HONORARIO IMPERIALIS ACADEMIAE SCIENTIARVM PETROPOLITANAE, SOCIETATVM GEOGRAPHICARVM PETROPOLITANAE, LONDINENSIS, VINDOBONENSIS, ACADEMIAE SCIENTIARVM HARLEMENSIS, SOCIETATIS ANTHROPOLOGICAE PARISIENSIS, SOCIETATIS OECONOMICAE ELBINGENSIS, SOCIETATIS PHYSICO-OECONOMICAE REGIMONTANAE, SOCIETATIS RIGENSIS PROVINCIARVM BALTICARVM HISTORIAE ET ANTIQVITATES EXPLORANTIS, SOCIETATVM PHYSICARVM RIGENSIS ET DORPATENSIS, VNIVERSITATIS DORPATENSIS, DOCTAE ESTHONICAE SOCIETATIS DORPATENSIS, LITERARIAE ESTHONICAE,

SOCIO IMPERIALIS LIBERAE OECONOMICAE SOCIETATIS PETROPOLITANAE, PHYSICORVM ACADEMIAE LEOPOLDINO-CAROLINAE, SOCIETATIS GEOGRAPHICAE BEROLINENSIS, SOCIETATVM PHYSICARVM MOSQVENSIS, HALENSIS, HEIDELBERGENSIS, GEDANENSIS, GORLICENSIS, INSTITVTI SENCKENBERGIANI QVOD FRANCOFVRTI AD MOENVM FLORET, SOCIETATVM MEDICARVM REGIMONTANAE ET ERLANGENSIS, SOCIETATIS MEDICO-PHILOSOPHICAE WIRCEBVRGENSIS, SOCIETATIS MINERALOGICAE IENENSIS, GERMANAE SOCIETATIS REGIMONTANAE,

SOCIO EXTERNO REGIARVM ACADEMIARVM SCIENTIARVM BEROLINENSIS, MONACENSIS, BRVXELLENSIS, HOLMIENSIS, ACADEMIAE MEDICAE PARISIENSIS, REGIARVM SOCIETATVM LITERARVM HAVNIENSIS ET GOTTINGENSIS, SOCIETATVM REGIAE ET LINNAEANAE LONDINENSIVM, SOCIETATIS PHYSICORVM BATAVIAE INDORVM,

SOCIO AB EPISTOLARVM COMMERCIO ACADEMIARVM SCIENTIARVM VINDOBONENSIS ET PARISIENSIS ET SOCIETATIS GEOLOGICAE PARISIENSIS

DIEM XXIX MENSIS AVGVSTI A. MDCCCLXIV

QVO DIE

ANTE HOS QVINQVAGINTA ANNOS

MEDICINAE DOCTOR

AB VNIVERSITATE DORPATENSI

RENVNTIATVS EST

VENERABVNDI GRATVLANTVR

IMPERIALIS ACADEMIAE SCIENTIARVM PETROPOLITANAE SOCII.

PETROPOLI.
TYPIS IMPERIALIS ACADEMIAE SCIENTIARVM
MDCCCLXIV.

Imperiali Academiae scientiarum Petropolitanae duodequadraginta abhinc annos sacra saecularia celebranti et alterum saeculum auspicanti splendidissimum sidus exortum est. Te enim, Vir illustrissime, tunc socium ab epistolarum commercio sibi adiunxit, quem postea per longam annorum seriem eadem Academia socium ordinarium vidit et novissimo tempore socium honoris caussa rite elegit. Ita contigit ei ut unum ex praestantissimis atque omni laude maioribus viris sibi vindicaret, quales vix singuli per singula saecula nasci solent. Iam cum dies illuxerit laetissimus, quo Tu ante hos quinquaginta annos ingenii Tui lumen iis literis impertire coeperis, in quibus iuvandis augendis amplificandis studio constanti et splendidissimo successu vitam degisti, non gravabere, si nos collegae Tui, quamvis omnia Tua merita complecti et digno praeconio decorare non liceat, multiplices tamen vias paucis verbis indicare temptarimus, quas aut primus ingressus sis aut nova luce egregie illustraris.

Ac primum animantium cum ceterorum tum hominis naturam diligentissimo studio amplexus, ea quae sunt quomodo nascantur, singulari acumine perspexisti. Detexisti ovum hominis et mammalium genesin, monstravisti leges, secundum quas animalium et superiorum et inferiorum ova mutentur et progrediantur, eaque ratione gravissimam illam biologiae partem, qua docetur quomodo animalia oriantur et paulatim crescant, non excoluisse solum, sed creavisse merito iudicaris. Abditissima quaeque investiganda ratus generationem animalium illustravisti et varia eius genera constituisti. Deinde ab ortu animalium ad vitam eorum progressus, interiorem hominis et animalium structuram, anatomicam naturam et physiologicam rationem singulorum organorum eorumque relationes indagasti tam in normalibus formis quam in monstrosis, quae ad normas perspiciendas solent esse utilissimae. Animantium structuram et conditiones vivendi rimatus porro acumine admirabili leges repperisti, secundum quas animalia et plantae in terra distributa sint; intellexisti quomodo illa per singulas zonas inde a mediarum terrarum caloribus usque ad glaciales axes et magnitudine et natura differant, et domicilia singulorum animantium, quae ubique aut nunc agnoscimus aut olim fuisse concludimus, ad certas revocasti leges petitas ex habitu et victu rebusque ad vivendum necessariis. Inprimis quod attinet ad humani generis varietates in singulis regionibus conspicuas, comparando metiendo ponderando cranologiae firmiora fundamenta iecisti eiusque ope remotissimorum saeculorum res perquirens relationes et cognationes physicas tam superstitum quam extinctarum gentium mira sagacitate revelasti. Denique amplissimum orbem emensus ab iis animantibus quae nunc sunt ad emortuas priorum periodorum formas explorandas ascendisti.

Neque intra animantia substitisti, sed ad quaestiones ipsam tellurem spectantes conversus observatarum rerum nexum insigni acie perspexisti et leges firmas fixasque eximia sagacitate inde derivasti. Solum aqua aer deinceps allexerunt Te ad arcana sua aperienda. Litus maris Baltici et pristini terrae marisque fines, diluviales quae dicuntur rasurae et saxorum septentrionalium migrationes, sal aquae marinae admixtus eiusque vis ad plantarum et animalium marinorum proventum, leges quibus fluminum alvei astricti sint, septentrionalis coeli temperies eiusque ad animalium et plantarum vitam momenta — hae aliquot sunt de multis physicae geographiae quaestionibus, quibus illustratis nunquam perituram Tibi gloriam peperisti. Acerrimo veri investigandi ardore flagrans deserta litora et insulas maris glacialis et candentes Ponti Euxini et Caspii lacus regiones ipse identidem peragrasti et naturam peculiaremque indolem visorum locorum consummata arte descripsisti. In omnes vasti imperii Rossici partes inde a Baltico mari usque ad Pacificum oceanum peregrinantium vestigia secutus, studia illorum et observationes subtili iudicio examinans, novas quaestiones movisti et solvisti. Quae sapientissimi Imperatores, ut Petrus Magnus, ad imperii sui naturam explorandam moliti sunt, prudentissimo consilio ab oblivione vindicasti et clara in luce collocasti.

Denique a natura rerum perscrutanda ad literarum historiam transgressus humani generis status et progressus observasti. Sicut gradus et vicissitudines, quibus animantia formata fuerint, explorasti, item plurimum contulisti ad mentis humanae naturam et vires perspiciendas. Docuisti scientiam hominum criticae artis ope progredi legesque eius scientiae et terminos ex physiologia esse repetendos. Atque etiam ultra hos fines divinum Tuum ingenium elatum est: rerum universitatem contemplans et ab inanimis corporibus continua serie usque ad hominem ratione praeditum ascendens et progressus in singulis formis manifestos intuens, agnovisti mentem humanam non esse intra huius terrae fines inclusam, sed cum principali universi mundi causa interno quodam vinculo coniunctam. Immortalitatis cogitatio primus Tibi fuit immortalitatis actus. Immortalis Tu, Vir summe, et haberis nobis et habeberis, immortale nomen Tuum vigebit gloria perenni et grata posterorum memoria.

Quod superest, optamus ut iuvenilis iste ingenii vigor, quo Tu senex etiam nunc mirum in modum excellis, usque ad extremos vitae humanae terminos incolumis Tibi maneat et literis conducat. Vale.

Als Vicepräsident der Kaiserlichen Geographischen Gesellschaft überreichte der Admiral von Lütke folgendes Gratulationsschreiben dieser gelehrten Corporation:

Совѣтъ Императорскаго Русскаго Географическаго Общества имѣетъ честь выразить Вамъ радостное привѣтствіе отъ имени всего Общества по случаю исполнившагося сего дня 50лѣтія Вашей ученой дѣятельности, посвященной на пользу и славу нашего отечества.

Не здѣсь было бы мѣсто исчислить заслуги Ваши. Труды совершенные Вами по различнымъ отраслямъ знанія составляютъ общее достояніе и давно оцѣнены по достоинству. Но на Совѣтѣ лежитъ болѣе близкая обязанность высказать глубокое сознаніе, раздѣляемое всѣми членами Общества о томъ благотворномъ и живительномъ вліяніи, которое Вы постоянно имѣли на дѣятельность нашего Общества, со времени его основанія.

Вы были въ числѣ тѣхъ немногихъ, которымъ принадлежитъ первая мысль объ основаніи Географическаго Общества, Вы принимали потомъ непосредственное участіе въ его устройствѣ и въ теченіе многихъ лѣтъ руководили занятіями одного изъ его отдѣленій. Но и сложивъ съ себя званіе Предсѣдательствующаго Вы продолжали посвящать Обществу самое теплое сочувствіе и въ послѣднее еще время не отказались взять на себя труды по важной экспедиціи, направленной къ южнымъ предѣламъ нашего отечества.

Такимъ образомъ Императорское Русское Географическое Общество можетъ по справедливости гордиться тѣмъ, что въ продолженіе своего 19лѣтняго существованія оно имѣло Васъ въ числѣ своихъ дѣятельнѣйшихъ сотрудниковъ. Совѣтъ, принимая радостное участіе въ сегодняшнемъ юбилеѣ, почитаетъ себя счастливымъ, что можетъ при этомъ высказать Вамъ чувства благодарности и уваженія, которыми одинаково одушевляютъ всѣхъ членовъ Общества.

Вице-Предсѣдатель Ѳ. Литке.

Члены Совѣта: П. Семеновъ.

Ѳ. Тернеръ.

В. Вельяминовъ-Зерновъ.

Въ должности Секретаря Ѳ. Остенъ-Сакенъ.

Августа 29 дня 1864 г.

Ferner überreichte Admiral v. Lütke folgenden Glückwunsch der ehstländischen Ritterschaft

An

den Herrn Akademiker Geheimrath

Dr. von Baer.

Dem hochverehrten Manne, dem würdigen Forscher, der mit kühnem, unermüdlichem Geiste die Tiefen der Wissenschaften ergründet, fühlt die Ehstländische Ritterschaft sich gedrungen ein Zeichen ihrer aufrichtigen Verehrung zu geben. Sie glaubt sich berechtigt mit einzustimmen in den Chor der Ovationen, die Ihnen die wissenschaftliche Welt aus Fern und Nah an Ihrem Ehrentage darbringt, — weil Sie ein Sohn unseres Landes sind und ein Glied unserer Gemeinschaft. Mit berechtigtem Stolze blickt sie auf die wissenschaftlichen Errungenschaften, die der hohe Geist und der männliche Forscherernst Eines der Ihrigen der Menschheit gesichert und auf die reiche und allgemeine Anerkennung, die seinem Streben und Wirken geworden. Sie wünscht ihrem berühmten Landsmanne Heil und Segen und hofft, dass ihm, den weitergehendes Streben dem engen Kreise seiner Heimath entrückt, noch warm zu Herzen dringen wird die Stimme aufrichtiger Verehrung aus dem Lande, wo seine Wiege gestanden und wo seine Kinder und Kindeskinder auch ihre Heimath gefunden.

Im Namen der Ehstländischen Ritterschaft

Baron Pahlen.

Ritterschaftshauptmann.

Reval Ritterhaus
den 22. August 1864.

Endlich überreichte der Admiral v. Lütke noch folgendes aus Berlin eingetroffene Telegramm des Admirals v. Wrangell:

Herzlichen Glückwunsch zum 50jährigen Doctorjubiläumstage ruft dem hochgeehrten Geheimrathe von Baer aus der Ferne sein Landsmann und Freund zu.

Admiral Wrangell.

Professor Fr. Bidder, Rector der Universität Dorpat, der trotz seiner vielen Amtsgeschäfte persönlich erschienen war, hielt im Namen der Dorpater Universität folgende Ansprache:

Verehrungswürdiger Jubilar!

Nicht bloss das allgemeine Gefühl der Theilnahme, wie es überall wach gerufen werden müsste, wo eines Mannes Kraft anderthalb Menschenalter hindurch mit ungetrübter Frische den höchsten Aufgaben der Wissenschaften obzuliegen vermochte, nicht ein solches Gefühl allein ist es, mit dem die Universität Dorpat den Tag begrüsst, an dem es Ihnen beschieden wird einen so seltenen Lebensabschnitt zu beschliessen. Vielmehr muss sie durch diesen Tag sich daran erinnern lassen, dass heute vor fünfzig Jahren es ihr zu Theil ward, ihren Studiosus K. E. v. Baer mit der medicinischen Doctorwürde zu schmücken: sie muss sich erinnern lassen an das unauflösliche Band, das zwischen ihr und allen ihren einstigen Angehörigen geknüpft wird; sie muss gedenken der vielfachen Beweise regesten Interesses, das Sie den Geschicken dieser Hochschule jederzeit bewahrt haben, und der dankbaren Anerkennung, die Ihrem wissenschaftlichen Wirken wie Ihrer Denkweise die Heimath seit langen Jahren zu zollen gewöhnt ist.

Den Gefühlen aber, welche an dem Ehrentage ihres Ehrenmitgliedes sie bewegen, glaubte die Universität Dorpat keinen geeigneteren Ausdruck geben zu können als durch die Darbringung einer Schrift, welche dem «Vater der Entwickelungsgeschichte» die Ueberzeugung zu gewähren vermöchte, dass der von ihm zu selbstständigem Leben berufene Wissenszweig an der heimathlichen Hochschule fort und fort in seiner vollen Bedeutung gewürdigt und nach Kräften cultivirt werde.

Auch die medicinische Facultät in Dorpat konnte es sich nicht versagen den glänzenden Namen, den sie seit einem halben Jahrhundert bereits mit freudigem Stolze zu den Ihrigen zählt, auf's Neue in ihre Annalen einzutragen, und bittet Sie in diesem erneuerten Doctordiplom ein geringes Zeichen ihrer aufrichtigen Verehrung entgegenzunehmen.

Möchte in Ihnen, verehrungswürdiger Greis, den jüngern Generationen nach Gottes Rathschluss noch manches Jahr ein Vorbild jener unverwelklichen Geistesfrische erhalten bleiben, die die selbstverleugnende Hingabe an die Wissenschaft zur unzertrennlichen Begleiterin hat! Möchte der Universität Dorpat noch oft Gelegenheit geboten werden Ihnen den Ausdruck ihres Dankes und ihrer unwandelbaren Gesinnung für Sie darzubringen!

Die in dieser Ansprache genannte Schrift ist von dem Professor Reissner verfasst und führt folgenden Titel:

Der
Bau des centralen Nervensystems
der
ungeschwänzten Batrachier
untersucht und beschrieben
von
Dr. E. Reissner
Professor der Anatomie in Dorpat.
—
Mit einem Atlas von zwölf Tafeln.
—
Zu
Karl Ernst von Baer's
academischer Jubelfeier
herausgegeben
von
dem Conseil der Kaiserlichen Universität zu Dorpat.
Dorpat.
Gedruckt bei E. J. Karow, Universitäts-Buchhändler.
1864.

Die dem Reissner'schen Werke vorangesandte Dedication und das Vorwort, welche aus Bidder's Feder geflossen sind, lauten:

An
Karl Ernst von Baer
zu
seiner academischen Jubelfeier
am 29. August 1864
Gruss und Glückwunsch
aus der Heimath
dargebracht
von
der Universität Dorpat.

—

Als am 29. August des Jahres 1814 die Universität Dorpat ihren damaligen Studiosus K. E. v. Baer mit der medicinischen Doctorwürde schmückte, ward es ihr beschieden, die wissenschaftliche Weihe über eine jugendliche Kraft auszusprechen, die bald als eine der leuchtendsten Erscheinungen an dem Horizonte naturwissenschaftlicher Forschung aufgehen und rasch zum Zenith derselben ansteigen sollte: — und wenn diese Hochschule in Erinnerung an die Worte, mit denen derselbe aus ihrer Mitte hervorgegangene Heros der Wissenschaft an ihrem Jubelfeste*) sie begrüsste, sich rühmen durfte, der von ihrem Erhabenen Gründer ihr gegebenen Bestimmung, dem Besten des russischen Reiches und insbesondere der Ostseeprovinzen zu dienen, entsprochen zu haben, so müsste sie vor Allen auf den Mann hinweisen, der durch sein geistiges Schaffen nicht bloss der bescheidenen Bildungsstätte, von der er die ersten Impulse seines Strebens empfing, und der engen baltischen Heimath Stolz, sondern auch der höchsten wissenschaftlichen Anstalt des weiten Kaiserreichs langjährige Zierde wurde, und dessen Name überall mit ungeheuchelter Achtung genannt wird, wo die Wissenschaft vom Leben Freunde und Verehrer zählt.

Unter solchen Umständen kann es nicht nur das allgemeine Gefühl von Theilnahme sein, das jedesmal wach gerufen werden müsste, wo eines Mannes Kraft anderthalb Menschenalter hindurch mit ungetrübter Frische den höchsten Aufgaben der Wissenschaft obzuliegen vermochte, mit dem die Universität Dorpat den Tag begrüsst, an dem es Ihnen, hochverehrter Jubilar, beschieden wird einen so seltenen Lebensabschnitt zu beschliessen. Vielmehr muss sie durch diesen Tag sich erinnern lassen an das unauflösliche Band, das ausnahmslos zwischen ihr und allen ihren einstigen Angehörigen geknüpft wird, an die vielfachen Beweise regesten Interesses, das Sie den Geschicken dieser Hochschule jederzeit bewahrt haben, an die dankbare Anerkennung, die Ihrem wissenschaftlichen Wirken und Ihrer Denkweise die Heimath seit langen Jahren zu zollen gewöhnt ist.

Den Gefühlen aber, welche an dem Ehrentage ihres Ehrenmitgliedes sie bewegen, glaubte die Universität Dorpat keinen geeigneteren Ausdruck geben zu können, als durch die Darbringung einer Schrift, welche dem »Vater der Entwickelungsgeschichte« die Ueberzeugung gewähren könnte, dass der von ihm zu selbstständigem

*) Das zweite Jubelfest der Kaiserlichen Universität Dorpat am 12. und 13. December 1852. Dorpat 1853, S. 1 und 11.

Leben berufene Wissenszweig an der heimathlichen Hochschule fort und fort in seiner vollen Bedeutung werde gewürdigt und nach Kräften cultivirt werden.

Möchte in Ihnen, verehrungswürdiger Greis, den jüngeren Generationen noch manches Jahr nach Gottes Rathschluss ein Vorbild jener unverwelklichen Geistesfrische erhalten bleiben, die die selbstverleugnende Hingabe an die Wissenschaft zur unzertrennlichen Begleiterin hat! Möchte der Universität Dorpat noch oft Gelegenheit geboten werden, Ihnen den Ausdruck ihres Dankes und ihrer unwandelbaren Gesinnung für Sie darzubringen!

Das erneuerte Doctordiplom lautet:

Q. D. B. V.

AUSPICIIS SAPIENTISSIMIS ET FELICISSIMIS

ALEXANDRI II

AUGUSTISSIMI SERENISSIMI AC POTENTISSIMI IMPERATORIS

DOMINI NOSTRI LONGE CLEMENTISSIMI

UNIVERSITATIS LITERARUM CAESAREAE

DORPATENSIS

RECTORE MAGNIFICO

FRIDERICO HENRICO BIDDER

MEDICINAE DOCTORE ACTU A CONSILIIS PUBLICIS ORD. S. STANISLAI PRIMAE S. VLADIMIRI TERTIAE ET S. ANNAE SECUNDAE CLASSIS EQUITE PHYSIOLOGIAE PROFESSORE PUBLICO ORDINARIO

VIRO EXCELLENTISSIMO ILLUSTRISSIMO

CAROLO ERNESTO A BAER

AUGUSTISSIMO ROSSIAE IMPERATORI A CONSILIIS INTIMIS ORDINUM S. VLADIMIRI CLASSIS TERTIAE S. ANNAE CLASSIS PRIMAE CUM CORONA S. STANISLAI CLASSIS PRIMAE BORUSSICI [illegible] ARTIBUS PACIS VIRORUM SUECICI STELLAE POLARIS EQUITI SPLENDIDISSIMO ACADEMIAE SCIENTIARUM IMPERIALIS ROSSICAE NEC NON UNIVERSITATIS LITERARUM CAESAREAE DORPATENSIS SODALI HONORARIO PLURIMARUM SOCIETATUM OPTIMARUM ARTIUM STUDIA EXERCITANTIUM SOCIO VEL HONORARIO VEL ORDINARIO ETC. ETC.

QUI VIR MAXIME VENERABILIS NOSTRI AEVI DOCTORUM CUM PAUCIS NOSTRATIUM UNUS PRINCEPS ATQUE ANTISTES INGENIO DOCTRINA POLLENTISSIMUS MIRA SAGACITATE INDUSTRIA FELICISSIMA SCIENTIAE PROMOTORIS GLORIAM MERUIT VERAM IN PERPETUITATE HUMANORUM CONAMINUM MANSURAM HISTORIAM EVOLUTIONIS ANIMANTIUM PRIMUS EXTRICAVIT EXCOLUIT PATEFECIT SUCCESSURIS ZOOTOMIAM PRAECLARIS INVENTIS ILLUSTRAVIT IN ANTHROPOLOGIAM ETHNOLOGIAMQUE OPERAM CONTULIT FRUCTUOSISSIMAM NEQUE ILLE SCRIPTIS MODO SUIS CELEBRATISSIMIS SED ETIAM VIVA IUNIORUM INSTITUTIONE DE PROPAGANDIS NATURALIS SCIENTIAE STUDIIS EGREGIE MERITUS EST PER LONGISSIMUM VITAE SPATIUM OLIM APUD REGIMONTANOS DEIN PETROPOLI PUBLICI PROFESSORIS MUNERE AMPLISSIMO SUMMA CUM LAUDE FUNCTUS

DECEM LUSTRA

INDE A XXIX DIE MENSIS AUGUSTI ANNI MDCCCXIV

QUO DIE DOCTORIS MEDICINAE HONOREM APUD NOS NACTUS EST

FELICITER EMENSO

FESTUM HUNC DIEM OMNIUM BONORUM LAETITIA CONCELEBRATUM EA QUA PAR EST OBSERVANTIA

GRATULATUR ET

DOCTORI SEMISECULARI

VIRIDEM SENECTUTEM ET UT GLORIA ITA HILARITATE PERPETUA FLORENTEM PRECATUR

ORDO MEDICORUM DORPATENSIS

INTERPRETE DECANO

RUDOLPHO BUCHHEIM

MEDICINAE ET CHIRURGIAE DOCTORE A CONSILIIS PUBLICIS ORD. S. STANISLAI SECUNDAE CLASSIS EQUITE DIAETETICAE MATERIAE MEDICAE HISTORIAE ET LITTERATURAE MEDICAE PROFESSORE PUBLICO ORDINARIO.

DORPATI LIVONORUM

DIE XXIV MENSIS AUGUSTI ANNI MDCCCLXIV

Nr 227.

Dr. Rud. Buchheim, Decanus.

Ferner überreichte Professor Bidder einen brieflichen Glückwunsch von dem Curator des Dorpater Lehrbezirks, Grafen Keyserling, folgenden Inhalts:

Hochverehrter Herr Jubilar,

Theurer Herr v. Baer!

An Ihrem Festtage kann ich Ihnen leider die Hand nicht drücken, aber irgendwie möchte ich Ihnen doch meine Huldigung direct zu erkennen geben. So schreibe ich Ihnen denn, wie innig und herzlich ich Sie verehre, was freilich nicht bloss an Jubel-Tagen geschieht und Ihnen auch keineswegs neu ist. Uebrigens hoffe ich den 29. auch hier einigermassen zu feiern, hier wo am meisten Ursache dazu vorhanden ist, und mit einigen Zeitgenossen der heroischen Zeit — des Heros des Tages zu gedenken. Leben Sie wohl und lange, und empfangen Sie freundlichst die Glückwünsche Ihres treuen Verehrers

Keyserling.

Dorpat den 25. August 1864.

Professor Grube, Rector der Breslauer Universität, der ungeachtet vielfacher Amtsgeschäfte es möglich zu machen gewusst hatte zu dem Fest zu erscheinen, begrüsste den Jubilar im Namen seiner Freunde in Deutschland und überreichte:

Erstens folgenden Glückwunsch der Berliner Akademie der Wissenschaften:

Hochzuverehrender Herr!

Der am 5. September eintretende Erinnerungstag an Ihre vor 50 Jahren stattgefundene medicinische Doctor-Promotion veranlasste die Königliche Academie der Wissenschaften, Ihnen ein Zeichen der Theilnahme zu senden und sie bittet dasselbe unter den vielen anderen, welche Sie an dem Tage empfangen werden, nicht zu verschmähen.

Schon seit 30 Jahren, seit dem 13. Februar 1834, hat die Academie Sie, Ihrer damals so hervorragenden wissenschaftlichen Leistungen halber, als correspondirendes Mitglied sich angeschlossen und wie hoch dieselbe Ihre später gleichmässig glänzend fruchtbare bis zur neuesten Zeit fortgesetzte wissenschaftliche Thätigkeit schätzt, hat sie dadurch zu erkennen gegeben, dass sie die höchste Ehre, welche sie an Gelehrte zu ertheilen vermag, bereits unterm 11. März 1861 Ihnen verliehen hat, wo Sie zum *Auswärtigen Mitgliede* gewählt wurden. Die lange Reihe der mannigfachen überall viel aufklärenden, namentlich die Naturverhältnisse Russlands betreffenden Arbeiten, welche mit der unvergänglichen Entdeckung der klaren, von allen Zweifeln befreiten Erkenntniss der zarten Entwickelungsverhältnisse der Wirbelthiere und des Menschen begann, hat in den weitesten Kreisen Wurzel geschlagen und drängt nun allseitig die Vertreter der Wissenschaft, dem eifrigen und glücklichen Forscher im Andenken an seine wirksame Jugend wieder die Hand zu reichen.

Der eigenen Genugthuung im Hochgefühle eines in stetigen treuen Mühen verwendeten und fruchtreichen Lebens möge sich das Bewusstsein dankbarer Anerkennung der Mitlebenden zugesellen und Ihnen für einen langen und schönen Lebens-Abend Helle und Heiterkeit bereiten helfen.

Berlin den 14. August 1864.

Die Königliche Academie der Wissenschaften.

Ehrenberg. Trendelenburg. Kummer.

Zweitens überreichte Professor Grube eine von Professor Reichert, Mitglied der Berliner Akademie, verfasste Schrift: Beitrag zur feineren Anatomie der Gehörschnecke des Menschen und der Saugethiere. Ein Glückwunsch zur akademischen Jubelfeier Karl Ernst von Baers, von Karl Bogislavs Reichert. Berlin. Gedruckt in der Druckerei der Königl. Akademie der Wissenschaften 1864. Mit folgender Dedication:

Hochverehrter Herr Jubilar!

Was die Bildungsgeschichte der Thiere zur lichtvolleren Einsicht in die Gesetzlichkeit der morphologischen Organisation seit mehreren Jahrzehnten geleistet, das waren die Früchte der von Ihnen zuerst in einen wissenschaftlich bearbeiteten Boden ausgestreuten Saat. Gestatten Sie, hochverehrter Lehrer und Freund, dass vorliegende Untersuchungen, die in der Bildungsgeschichte ihre Wurzeln getrieben haben, als ein wenn auch nur geringes Zeichen der Verehrung und Dankbarkeit für die Anregungen, die ich selbst in Wort und Schrift von Ihnen empfangen, am heutigen Jubeltage unter Ihrem Namen in die Oeffentlichkeit treten dürfen.

Drittens übergab Professor Grube das Doctordiplom der philosophischen Facultät der Breslauer Universität:

Q. D. B. V.

SVMMIS AVSPICIIS

SERENISSIMI AC POTENTISSIMI PRINCIPIS

GVILELMI

REGIS BORVSSIAE CAET.

REGIS AC DOMINI NOSTRI IVSTISSIMI ET CLEMENTISSIMI

EIVSQVE AVCTORITATE REGIA

VNIVERSITATIS LITTERARVM VRATISLAVIENSIS

RECTORE MAGNIFICO

ADOLPHO EDVARDO GRVBE

PHILOSOPHIAE DOCTORE ZOOLOGIAE PROFESSORE PVBLICO ORDINARIO ORDINIS DE AQVILA RVBRA QVARTAE ORDINISQVE SANCTI STANISLAI SECVNDAE CLASSIS EQVITE EX DECRETO ORDINIS PHILOSOPHORVM

PROMOTOR LEGITIME CONSTITVTVS

RICHARDVS ROEPELL

PHILOS. DOCTOR ET ART. LIB. MAGISTER HISTORIAE PROFESSOR PVBLICVS ORDINARIVS PHILOSOPHORVM ORDINIS H. T. DECANVS

VIRO ILLVSTRISSIMO EXCELLENTISSIMO

CAROLO ERNESTO DE BAER

IMPERATORI RVSSORVM A CONSILIIS INTIMIS ACADEMIAE CAES. SCIENTIARVM SOCIO VARIORVM ORDINVM EQVITI INSIGNI
MEDICINAE DOCTORI QVINQVAGENARIO PROFESSORI

CELEBERRIMO

PROPTER EGREGIA DE HISTORIA ANIMALIVM NATVRALI MERITA SEMPER INTER

PRINCIPES PIE COLENDO

DOCTORIS PHILOSOPHIAE ET ARTIVM LIBERALIVM MAGISTRI

NOMEN IVRA ET PRIVILEGIA

HONORIS CAVSA CONTVLIT

COLLATAQVE

PVBLICO HOC DIPLOMATE

DECLARAVIT

D. XXVII MENSIS AVGVSTI A. MDCCCLXIV.

VRATISLAVIAE.

TYPIS OFFICINAE VNIVERSITATIS (W. FRIEDRICH).

Das Begleitschreiben lautete:

Hochverehrter Herr Jubilar!

Den Tag zu feiern, an welchem Sie vor fünfzig Jahren Ihre für die Naturwissenschaften so segensreiche Laufbahn begannen, und Ihnen ein Zeichen der regsten Theilnahme und der dankbarsten Anerkennung zu senden, kann auch die philosophische Facultät der Universität sich nicht versagen. Von höchster Bedeutung wie die Werke, durch welche Cuvier die Fundamente der Zoologie erweiternd ein neues System schuf, sind auch die Ihrigen, durch welche Sie dieses System tiefer begründeten. Während er die Thierschöpfungen der Vorwelt in den Kreis der jetzt existirenden Wesen hineinfügte und so dessen Lücken ergänzte, lenkten Sie den Blick auf die unter der Eihülle verborgene Bildung des Lebens und auf die Wandelungen, durch welche der einzelne Organismus zu seinem Eintritt in die Welt sich vorbereitet: Sie lehrten die Gesetze der Entwickelung kennen, welche Cuviers Hauptformen des Thierreichs zu wahren Typen erheben, Sie zeigten, wie es nur die Entwickelung sei, die sicher zur Deutung der so mannigfach gestalteten Organe der thierischen Körper führe, und wie man, um das Seiende zu begreifen, auf sein Werden zurückgehen müsse. Und jener hohe philosophische Sinn, mit welchem Sie so viel Einzelforschungen durchdringend, Ideen hervorriefen, wo andere mit der blossen Darstellung des Beobachteten sich begnügten, hat nicht aufgehört, Sie zu begleiten, als Sie von jenen Forschungen sich abwendend, in das weite Gebiet der Verbreitung des Thierlebens eindrangen, und die Bedingungen, an welche die Existenz der Wesen auf unserer Erde gebunden ist, zu ergründen, nicht bloss durch eigene Beobachtung unternahmen, sondern auch zum Gegenstande des Wetteifers für die Bestrebungen vieler erhoben. Dass sich für einen so reichen und so anregenden Geist auch der Körper erhalten hat, durch welchen er wirkt, dass Sie, verehrter Mann, sich noch in späten Jahren Anstrengungen bieten durften, vor denen mancher Jüngere zurückschreckt, dass die Polarsonne wie die hochstehende des Südens einem immer rastlos Strebenden leuchten durfte, das erfüllt uns an Ihrem Jubelfeste mit Dank gegen die Vorsehung und mit der Hoffnung, dass es Ihnen vergönnt sein wird auch jene anthropologischen Forschungen, denen Sie in letzterer Zeit mit besonderer Vorliebe sich zugewendet, zu einem befriedigenden Abschluss zu führen.

In dieser erhebenden Aussicht bringt Ihnen, hochgeehrter Herr Jubilar, Festgruss und Glückwunsch

Breslau den 8. August 1864.

Die philosophische Facultät der Königlichen Universität.

Dr. Roepell z. Decan.

Elvenich.	Loewig.	Braniss.	Göppert.
Grube.	Stenzler.	Roemer.	Junkmann. Hertz.
Galle.	Rossbach.	Schmölders.	Schröter.

Hieran schliesst sich der ebenfalls aus Breslau eingelaufene Glückwunsch der medicinischen Facultät der Universität:

Deutschland hat der Männer viele entsendet, welche das Vaterland verliessen, um in der Fremde einen weiteren Wirkungskreis zu suchen als er in der Heimath ihnen beschieden war.

Keinem Lande der Welt haben diese Wanderungen wissenschaftlicher Männer schönere Früchte getragen als dem grossen Nordischen Reiche, in dessen Metropole

Euer Excellenz heute die Feier Ihres *fünfzigjährigen Doctor-Jubiläums* begehen. In erster Reihe glänzt unter den berühmten Naturforschern, welche *Deutsche* Wissenschaft ins Ausland verpflanzten und dort verherrlichten, der Name

Karl Ernst von Baer.

Aus allen Himmelsgegenden, vorzüglich aber aus *Ihrer* neuen wie aus *Ihrer* alten Heimath werden heute *Ihnen* Huldigungen dargebracht, die einen wohlverdienten Kranz der Anerkennung für die Verdienste eines Mannes bilden, welcher *fünfzig Jahre* mit so grossem Erfolge so viele Zweige der Wissenschaft, die *Anatomie* des Menschen und der Thiere, *Physiologie*, *Zoologie* und *Anthropologie* bearbeitete, das Säugethier-Ei entdeckte und durch seine gründlichen Forschungen eine neue Epoche in der Entwickelungsgeschichte der Thiere mit begründete.

Genehmigen Sie, *hochverehrter Jubilar*, dass auch die unterzeichnete Facultät es sich gestattet *Ihnen* ihre innigsten und aufrichtigsten Glückwünsche für den heutigen Festtag und für *Ihre* fernere Zukunft darzubringen.

Die medicinische Facultät
der Königlichen Universität zu Breslau.

H. Barkow. Dr. A. Th. Middeldorpf.
z. Z. Pr. Dec.

Viertens überreichte Professor Grube eine von ihm verfasste Jubelschrift:

Die
Insel Lussin und ihre Meeresfauna.

Nach einem sechswöchentlichen Aufenthalte
geschildert von
Dr. Adolph Eduard Grube,
ordentlichem Professor der Zoologie an der Universität Breslau.
Nebst einer Tafel mit Abbildungen und einer Karte von Lussin.

Breslau.
Verlag von Ferdinand Hirt, Königl. Universitäts-Buchhändler.
1864.

mit folgender Dedication:

Seinem theuren Lehrer

Karl Ernst von Baer,

dem Meister in Forschung und Darstellung

zur Feier

seines fünfzigjährigen Doctor-Jubiläums

gewidmet

von dem Verfasser.

Fünftens übergab Professor Grube folgendes Glückwunschschreiben der physikalisch-ökonomischen Gesellschaft in Königsberg:

Hochwohlgeborener Herr!

Hochzuverehrender Herr Staatsrath!

Die Königl. physikal.-ökonomische Gesellschaft, welche einst in Ihnen ihren Präsidenten verehrte, jetzt aber Sie zu ihren Ehrenmitgliedern zählen darf, kann die Gelegenheit Ihres seltenen Jubelfestes nicht vorübergehen lassen, ohne Ihnen ein Zeichen der höchsten Verehrung und Dankbarkeit darzubringen.

Möchte dasselbe in dem Strome bedeutungsvollerer Huldigungen Ihres Beifalls sich zu erfreuen haben.

Im Namen der Königl. physikal.-ökon. Gesellschaft

der Vorstand

Schiefferdecker. Elditt.

Dieses Zeichen bestand in einer Abhandlung mit folgendem Titel:

Herrn

Carl Ernst von Baer

zur

Feier des fünfzigsten Jahrestages

der

Erlangung der Doctorwürde

am 10. September 1864
von der
Königlichen ostpreussischen physikalisch-ökonomischen Gesellschaft
in Königsberg
enthaltend
Beobachtungen über die Befruchtungserscheinungen im Eie der Neunaugen
von
August Müller.
Königsberg 1864.
Druck der Universitäts-Buch- und Steindruckerei von E. J. Dalkowski.

Die Dedication lautet:

Hochverehrter Herr!

Wir kommen mit der Bitte um gütiges Gehör und Zulassung zu Ihrem Feste, an dem wir so herzlichen Antheil nehmen. Wir wollen Ihnen eigentlich nur sagen, dass auch in der Ferne dankbare Seelen sind, welche nicht vergessen haben, wieviel sie von Ihnen gelernt, wieviel sie von Ihnen hier behalten, als Sie aus ihrer Mitte schieden.

Wir möchten Sie an die schöne Zeit erinnern, da Sie in Preussen unter uns wirksam waren, da Sie den Entwickelungsgang des Thierkörpers mit einer bis dahin nicht gekannten Schärfe erforschten, und Thatsachen aufdeckten, welche bald ihre Wurzeln über die Entwickelungsgeschichte hinaus tief in andere Gebiete der Naturwissenschaften eintrieben, und da Sie, ein Lichtpunkt unserer Universität, Ihre so werthvollen Beobachtungen durch das lebende Wort hier verbreiteten.

Wir senden Ihnen zur Erinnerung die Photographie zweier Gebäude, in denen Sie lebten und wirkten. In dem langen einstöckigen Hause, welches Sie zuerst bewohnten, gründeten Sie mit geringem Materiale die zoologische Sammlung. Sie wuchs schnell unter Ihrer Leitung, und trieb Sie zur Begründung des grossartigeren Baues, welcher jetzt den sich stets mehrenden Reichthum kaum mehr erfasst.

Zu ganz besonderem Danke fühlt sich unsere Gesellschaft Ihnen verpflichtet. Sie belebten dieselbe seit 1818 durch Ihre Thätigkeit, und bahnten als ihr Präsident eine genauere Erforschung der vorweltlichen und lebenden Schöpfung unserer Provinz an, eine Richtung, welche die Gesellschaft seitdem bewahrt hat.

So gedieh denn Alles, was Ihre glückliche Hand begründete, und dankbare Schüler und Verehrer pflegen es in Ihrem Sinne.

In der folgenden Abhandlung widmet Ihnen der Verfasser Beobachtungen über das Ei, in dessen Geschichte Ihre Forschungen eine neue Epoche begründet haben. Möchte der Meister sie gütig aufnehmen!

Wir bringen die herzlichsten Wünsche für Ihr ferneres Wohlergehen und würden uns glücklich schätzen, wenn der Mann, der uns unvergesslich ist, auch seinerseits ein wohlwollendes Andenken für uns bewahren möchte.

Königsberg im August 1864.

Im Namen der physikalisch-ökonomischen Gesellschaft

Dr. August Müller.

Ausser den beiden in dieser Dedication erwähnten Photographieen des früheren temporären und des neuen zoologischen Museums war noch der fünfte Jahrgang. Abtheilung I. der Schriften der Gesellschaft beigelegt.

Ferner war aus Königsberg eingesandt vom Geheimen Sanitätsrath Dr. A. Burow folgendes Schreiben:

Königsberg September 1864.

Mein hochverehrter Lehrer!

Erlauben Sie mir Ihnen als ein Zeichen der aufrichtigsten Verehrung und innigsten Dankbarkeit am Tage Ihres fünfzigjährigen Jubiläums das einliegende Schriftchen zu überreichen.

Die Worte, mit denen ich Ihnen dasselbe dedicire, sind kein leerer Schall, sie sind der ungeheuchelte Ausdruck der Gefühle, die ich stets gegen Sie gehegt.

Ich bin mir es stets bewusst gewesen, dass ich Ihnen alles, was Gutes an mir ist, alles, was ich erreicht habe, verdanke.

Als ein glücklicher Zufall mich in Ihre Nähe führte, lief ich Gefahr unter physischem und moralischem Druck zu verkümmern, Sie erweckten in mir das zu jedem ernsten Streben nothwendige Vertrauen in mich selbst und zeigten mir einen Weg, den ich ohne Ihre Ermuthigung nie zu betreten gewagt hätte.

Und selbst, als Sie, Ihrem neuen Berufe folgend, aus unserer Mitte geschieden waren, haben Sie noch in der Ferne für mich gewirkt, indem Sie mir vor fast fünf und zwanzig Jahren einen Ruf als Prosector nach Petersburg erwirkten.

Mein Dank bleibt Ihnen bis ans Ende meiner Tage.

Gott erhalte Sie noch lange zum Heile der Wissenschaft und zur Freude der Vielen, die Sie lieben und verehren wie

Ihr dankbarer

A. Burow.

Der Titel der Abhandlung lautet:

Ueber die Reihenfolge der Brillen-Brennweiten. Eine Gratulationsschrift Carl Ernst von Baer am Tage seines fünfzigjährigen Jubiläums überreicht von Dr. A. Burow sen., Geh. Sanitätsrath. Berlin 1864. H. Peters.

Die Dedication enthält Folgendes:

Mein theurer, hochverehrter Lehrer!

Es sind mehr als dreissig Jahre dahingeschwunden, seit *Sie* unter der Zahl *Ihrer* Schüler auf mich — ich darf es aussprechen, ohne anmaassend zu erscheinen — *Ihr* Auge richteten, mich in *Ihre* Nähe zogen und mich in die Wissenschaft einführten, indem *Sie* mir gestatteten, an *Ihren* Forschungen Theil zu nehmen. Das Bewusstsein, *Ihrer* Beachtung werth zu sein, hat mir in meinem ganzen künftigen Leben den innern Stolz verliehen, der es mir möglich machte, niedere Kränkungen zu verschmerzen. Es hat mich aber auch mit der unaussprechlichsten Dankbarkeit gegen *Sie* erfüllt und stets bin ich mir bewusst gewesen, dass wenn ich etwas erreicht habe, ich es *Ihnen* danke.

An dem heutigen, für Alle, die Sie lieben, so bedeutungsvollen Tage treibt mich mein Herz, *Ihnen* unter der grossen Zahl der Glückwünschenden zu nahen und den Baumeister der Welten, in dessen geheimnissvolle Bildungsstätte *Ihr* forschendes Auge tiefer als das der anderen Erdensöhne geblickt, in stillem Gebete anzuflehen, er möge *Sie* zum Heile des menschlichen Wissens lange noch in *Ihrer* Ehrfurcht gebietenden Rüstigkeit erhalten.

Mir aber bewahren *Sie* ein freundliches Andenken!

A. Burow.

Von der Universität Königsberg war folgendes Gratulationsschreiben eingelaufen:

Verehrter Herr!

Empfangen Sie unter den zahlreichen Glückwünschen und Bezeugungen der Theilnahme, die Ihnen an dem heutigen festlichen Tage dargebracht werden, auch die wärmsten Wünsche der Königsberger Universität, die stolz darauf ist Sie einst besessen zu haben, und Ihren Namen stets mit dankbarer Verehrung nennen wird. Ihre Wirksamkeit an der Albertina ist für die Förderung und Erweiterung des hiesigen medicinischen und naturwissenschaftlichen Unterrichts in einem Grade epochemachend gewesen, wie es selten die Wirksamkeit eines einzelnen Mannes: durch Begründung einer zoologischen Sammlung, eines anatomischen Theaters, dessen erster Prosector *Sie* waren, durch Ihre eigne so höchst erfolgreiche auch für weitere Kreise fruchtbringende Lehrthätigkeit, durch den nicht zu unterschätzenden Einfluss, den Sie auch auf die wissenschaftliche Entwickelung unseres nun verewigten Rathke geübt haben. Auch rechnen wir es uns zu nicht geringer Ehre, dass Sie der Albertina in der Zeit angehörten, in der Sie jene bahnbrechenden Arbeiten auf dem Gebiete der Entwickelungsgeschichte vollendeten, deren Ruf in der Geschichte der Wissenschaften nun unzertrennlich mit dem Namen unserer Universität verbunden ist.

Seit fast einem Menschenalter haben Sie seitdem Ihre Thätigkeit dem Staate gewidmet, dem Sie durch Geburt angehören, und ausser anderen neuen Verdiensten, die Sie sich um die Wissenschaft erwarben, an den rauhen von der Cultur noch kaum berührten Gestaden seiner fernen Meere eine Reihe nicht bloss für die Wissenschaft, sondern auch für die Zukunft jener Gegenden hochwichtigen Arbeiten ausgeführt. In dieser Zeit hat die mächtige Entwickelung der Naturwissenschaften, zu deren Förderern Sie in erster Reihe gehören, auch an unserer Hochschule vieles umgestaltet. Die zoologischen und anatomischen Sammlungen, als deren Begründer wir Sie nennen, sind stattlich herangewachsen, die alten Räume, in welchen Sie Anatomie lehrten, sind durch andere ersetzt. Doch nichts vermag die Erinnerung an Ihre dereinstige Wirksamkeit zu verwischen; jeder Fortschritt auf dem von Ihnen gehegten und gepflegten Gebiete ruft uns, von denen so mancher noch in Ihnen seinen Collegen, andere ihren hochverehrten Lehrer verehren, und wird auch künftigen Generationen immer aufs Neue das theure Andenken des Mannes zurückrufen, dem wir den ersten Aufschwung dieser Studien verdanken.

Möge es Ihnen, verehrter Herr, vergönnt sein, bis an die äusserste Grenze menschlichen Daseins Ihre ruhmreiche Thätigkeit fortzusetzen und sich an dem fröhlichen Wachsthum dessen, was Sie gesäet haben, zu erfreuen.

Die Königliche Albertus-Universität.

Königsberg in. Pr. den 1. September 1864.

Wittich
d. Z. Prorector.

Hieran schliessen sich die Briefe der Professore Fried. Wilh. Schubert und Ernst Gustav Zaddach; der erstere lautet:

Hochverehrter Herr und Freund!

Indem ich als Stellvertreter des zeitigen Prorectors unserer Albertina, den ein rheumatisches Leiden noch im September nach Wiesbaden führte, den herzlichsten und aus voller Seele mitgefühlten Glückwunsch unserer Universität zu Ihrem Jubiläum absende, vergönnen Sie mir auch selbst persönlich dazu einige Worte meiner aufrichtigsten Theilnahme hinzuzufügen: ich fühle mich dazu in dreifacher Beziehung nicht minder berechtigt als verpflichtet. Erstlich weil wir beide fast gleichzeitig als Universitätslehrer an der Albertina auftraten, Sie, verehrter Freund, etwas früher, ich zu Michael 1820, weil wir dann hier funfzehn Jahre in gemeinschaftlichem Zusammenwirken einander nahestanden und mir noch die Freude zu Theil wurde, beim Abschiedsmahle als Decan der philosophischen Facultät Ihnen den wohlerworbenen Meisterbrief zu überreichen und Sie dadurch unserer philosophischen Zunft für immer zuzugesellen.

Aber zweitens trete ich auch ehrerbietigst als Präsident der Königlich Deutschen Gesellschaft Ihnen entgegen, indem ich im Namen dieses Gelehrten-Vereins ihrem ehrwürdigen Veteran, *wirklich ältestem Mitgliede*, dessen anerkannter Jubelruhm bleibt, überall wo er weilt, als ein *Glanzstern Deutscher Wissenschaft* zu gelten, den aufrichtigsten Glückwunsch ausspreche, dass es ihr noch lange beschieden bleiben möge, sich Ihrer Mitgliedschaft unter ihren Ehrenmitgliedern zu erfreuen.

Und drittens komme ich als Ihr noch gegenwärtiger College, durch die Mitgliedschaft der Petersburger Akademie der Wissenschaften mit Ihnen seit zwanzig Jahren wieder verbunden, mit dem bescheidenen aber angelegentlichsten Wunsche seines Herzens, es möge dem hochgefeierten Jubilar noch recht oft gefallen, seine Erinnerung auf Königsberg hinzuwenden und sein ungeschmälertes Wohlwollen seinen dortigen Collegen zu bewahren, die den gerechten Stolz zu würdigen wissen, in dem grossen und ruhmvollen Naturforscher Russlands auch den Begründer ihres speciellen naturwissenschaftlichen Instituts verehren zu dürfen und seines freundschaftlichen Andenkens sich versichert zu halten.

In aufrichtigster Verehrung

Ihr treuergebenster

Königsberg den 6. September 1864.

Schubert.

Es folgt der Brief E. G. Zaddach's.

Hochzuehrender Herr Staats-Rath!

Wenn an Ihrem Ehrentage, an dem Sie auf eine fünfzigjährige wissenschaftliche Thätigkeit zurückschauen werden, Männer der Wissenschaft und gelehrte Anstalten von nahe und fern Ihnen Grüsse und Glückwünsche zusenden, dann darf in dem Kreise der Feiernden die Anstalt, welche vor vier und vierzig Jahren durch Ihre rastlose Bemühung ins Leben gerufen wurde, das hiesige zoologische Museum, nicht unvertreten sein. Erlauben Sie daher, dass ich, der ich es mir zur hohen Ehre rechne, die einst von Ihnen bekleidete Stelle einzunehmen, der Liebe und Verehrung Ausdruck gebe, die Ihnen von allen freudig dargebracht wird, welche in näherer oder fernerer Beziehung zum zoologischen Museum stehen. Wir alle erkennen es mit inniger Dankbarkeit an, dass Sie das Studium der Zoologie an der hiesigen Universität begründeten, indem Sie mit geringen Mitteln einen so vortrefflichen Grund zu einer zoologischen Sammlung zu legen wussten, dass diese in wenigen Jahrzehnten sich in stattlicher Weise entwickeln und ähnlichen, selbst älteren Anstalten würdig an die Seite stellen konnte. Nur der gewaltig anregenden Kraft Ihres Wortes und Beispiels konnte dies gelingen, und sie wirkt auch noch in allen denen fort, die das Glück hatten, Ihnen damals persönlich nahe zu stehen. Mir ist zwar dieses Glück nicht zu Theil geworden, ein Zuhörer Ihrer für die Wissenschaft begeisternden Vorträge zu sein. Wenn aber schon Jeder, der seit dem Jahre 1828 sich tiefer mit der Zoologie beschäftigt, Ihr Schüler werden musste, so glaube ich mich mit grösserem Rechte, als viele andere, einen solchen nennen zu dürfen: denn zuerst schon haben Ihre Vorlesungen über Anthropologie mich in die Naturgeschichte eingeführt, ehe ich mich dem Studium derselben ganz widmete, später aber sind Ihre Beobachtungen und Reflexionen über die Entwickelung der Wirbelthiere mir stets ein hohes und unerreichbares Vorbild in der Behandlung ähnlicher Arbeiten gewesen, und noch gegenwärtig beschäftigen mich vielfach dieselben niederen Thiere, die einst Ihre Aufmerksamkeit in Anspruch nahmen. Um so mehr betrübt es mich, bei dem hohem Feste, welches Sie zu feiern im Begriffe sind, mit leeren Händen vor Ihnen, hochverehrter Herr, zu erscheinen, aber ich hörte zu spät von der schon nahe bevorstehenden Feier, als dass es mir möglich gewesen wäre, eine Arbeit druckfertig zu machen, die würdig gewesen wäre, Ihnen überreicht zu werden. Seien Sie indessen von meiner aufrichtigen Theilnahme überzeugt und nehmen Sie freundlich meine innigsten Glückwünsche auf! Mögen Sie in der erhebenden Ueberzeugung der Wissenschaft neue Bahnen eröffnet zu haben, die bereits zu herrlichen Zielen führten und noch schönere in der Ferne erkennen lassen, in dem beglückenden Gefühle, von einem grossen Kreise jüngerer Männer freudig als Lehrer und Leiter anerkannt zu werden, das seltene Fest feiern und von seinem Glanze erfrischt heiter den Abend Ihres Lebens geniessen!

Noch darf ich mir erlauben auch die herzlichsten Grüsse und Empfehlungen des Herrn Conservators Wiedemann hinzuzufügen, der mit inniger Anhänglichkeit sich gern der Zeit erinnert, in der er unter Ihrer Leitung arbeitete.

Genehmigen Sie, dass ich, die Versicherung meiner grössten Hochachtung wiederholend, mich unterzeichnen darf

Euer Excellenz

aufrichtig ergebener

Königsberg den 7. September 1864.

G. Zaddach.

Der Akademiker Joh. Fried. Brandt überreichte die ersten abgedruckten Bogen einer Abhandlung: «De Acipenserum speciebus in Rossia hucusque repertis, auctore Joanne Friderico Brandt. Petropoli. Sumptibus Academiae 1864» mit der Dedication:

COLLEGAE ORNATISSIMO

AMICO SUAVISSIMO

CAROLO ERNESTO A BAER

GRATULATUR

J. F. BRANDT.

DIE XXIX MENSIS AUGUSTI ANNI MDCCCLXIV.

Der Akademiker Alex. Theodor von Middendorff überreichte die vierte Lieferung von Theil 1 des vierten Bandes seiner sibirischen Reise: «Die Gewächse Sibiriens» mit der Dedication:

Der alt gewordene Jünger
vom
Murmanskij Bereg
vom
Taimyr und Amur
dem nimmer alternden Meister
zur Jubelfeier des 29. August 1864.

Der Director des Medicinal-Departements Dr. Wenc. Pelikan brachte mit den Mitgliedern des Medicinalraths seinen Glückwunsch dar und verlas folgendes Schreiben des Ministers des Innern, durch welches der Jubilar zum ersten Ehrenmitglied des Medicinalraths ernannt wird:

Милостивый Государь,

Карлъ Максимовичъ!

Члены Медицинскаго Совѣта, глубоко цѣня ученыя заслуги Ваши въ области естествознанія и тѣ многочисленныя открытія, которыми наука обязана Вашей полувѣковой неутомимой дѣятельности, имѣвшія важное значеніе и для науки врачебной, обратились ко мнѣ объ исходатайствованіи Высочайшаго Его Императорскаго Величества соизволенія на признаніе Васъ Почетнымъ Членомъ Медицинскаго Совѣта.

Государь Императоръ, по всеподданнѣйшему моему о семъ докладу, на таковое признаніе Высочайше соизволилъ.

Раздѣляя вполнѣ выраженное Медицинскимъ Совѣтомъ сочувствіе къ празднованію 50-лѣтія трудовъ и заслугъ Вашихъ наукѣ и человѣчеству и принося живѣйшее мое поздравленіе къ столь знаменательному для всего ученаго міра дню Вашего юбилея, я покорнѣйше прошу Ваше Превосходительство настоящее мое ходатайство предъ Государемъ Императоромъ принять за искреннее выраженіе чувства глубокаго моего уваженія къ одному изъ полезнѣйшихъ дѣятелей науки въ нашемъ отечествѣ.

№ 59. Петръ Валуевъ.

28 Августа 1864 года

Der Geheimrath Dr. Joh. Fried. Weisse verlas folgendes Gratulationsschreiben der Warschauer Universität:

RECTOR ET SENATUS

UNIVERSITATIS LITTERARIAE VARSAVIENSIS

S. D.

ILLUSTRISSIMO DOCTISSIMO VIRO

CAROLO ERNESTO DE BAER.

Dies festus nobis illuxit! Est enim nobis celebrandus sollemnis hic dies, quo ante hos quinquaginta annos summi in medicina honores in Te, Vir Illustrissime, Doctissime, collati sunt, quo receptus in numerum virorum doctissimorum, per totum inde tempus omnes Tuos labores, omnem Tuam industriam et laudem in eo posuisti, ut scientiae et disciplinarum fines quam maxime dilatares. Verum enimvero quum animo menteque nostra vel obiter perpendamus, qualis anno h. s. XIV in omnibus ad naturam spectantibus studiis fuerit status, eumque annis exactis L cum nostro comparemus, facere non possumus, quin fateamur, studia illa quam maxime esse exculta. Atque inter hos illustrissimos, doctissimos viros qui in his studiis excelluerunt mirumque in modum profecerunt, Tua, Vir Illustrissime, splendet ut veri herois imago atque virtus, sive spectamus Anthropologiam, sive Zoologiam, sive Physiologiam, et in hac studia Tua clarissima, quae perscrutantur, quae sit genesis animantium. Ea enim Tui nominis gloria, is Tui judicii splendor, ea per omnia saecula permansura fama, ut Tu, Vir Illustrissime, ingenii clarissimorum Humboldtorum aemulus, in rebus difficillimis non solum multa subtiliter excogitaveris atque inveneris, sed etiam summo labore atque industria perfeceris atque absolveris.

Quae omnia animo nostro reputantes, non tam Tibi, Vir Illustrissime, quam nobis ipsis satisfacere videmur, si hac voluntatis nostrae quam sincerissima declaratione nos Rector et Senatus Universitatis Litterariae Varsaviensis cupimus venire in partes communis laetitiae, quae Academiae omnes Tibi hoc die congratulantur, quoniam communia sunt praeclara commoda, quae ex Academicis studiis oriuntur. Cujus rei documento nominavimus Te, Vir Illustrissime atque Doctissime, nostrae Universitatis Socium atque Philosophiae Doctorem, nominatumque renunciavimus, ut eo testimonio confirmatum Tibi habeas, inter nos quoque eum studii esse amorem, qui animo Tuo innatus vim suam per L annos exercuerit successu quam prosperrime!

Vale ac fave nobis Vir Illustrissime Doctissime!

Varsaviae dab. Non. Aug. a. MDCCCLXIV.

Rector Universitatis Varsaviensis

L. Mianowski.

Universitati a litteris Wielgórski.

Das Diplom lautet

Q. D. O. M. B. V.

AUCTORITATE SUMMISQUE AUSPICIIS

AUGUSTISSIMI PRINCIPIS

ALEXANDRI SECUNDI

TOTIUS RUSSIAE IMPERATORIS POTENTISSIMI

POLONIAE REGIS RELIQ.

UNIVERSITATIS LITERARUM VARSAVIENSIS

RECTORE MAGNIFICO

VIRO PERILLUSTRI

JOSEPHO MIANOWSKI

MEDICINAE DOCTORE PROFESSORE PUBLICO ORDINARIO IMPERATORI RUSSIAE A CONSILIIS ACTUALIBUS SOCIO PLURIMIS MEDICORUM COLLEGIIS ET LITERATIS SOCIETATIBUS ADSCRIPTO

AMPLISSIMUS SENATUS ACADEMICUS

IN VIRUM HONESTISSIMUM ET ILLUSTRISSIMUM

CAROLUM ERNESTUM DE BAER

PHILOSOPHIAE DOCTOREM DOCTISSIMUM ACADEMIAE SCIENTIARUM IMPERIALIS PETROPOLITANAE PROFESSOREM PUBLICUM ORDINARIUM IMPERATORI RUSSIAE A CONSILIIS INTIMIS PLURIMIS DOCTISSIMIS AC LITERATISSIMIS SOCIETATIBUS INTERNIS EXTERNISQUE SOCIUM ADSCRIPTUM LITERARUM BONARUMQUE ARTIUM AC PRAECIPUE DE RERUM NATURA DOCTRINAE FAUTOREM ET AUCTOREM MULTIS EGREGIIS SOLLERTISSIMISQUE SCRIPTIS CONSPICUUM SUMMORUM SPLENDIDISSIMORUMQUE ORDINUM EQUITEM

SACRA SEMISAECULARIA

PHILOSOPHIAE DOCTORIS HONORUM ANTE DECEM LUSTRA FELICITER IMPETRATORUM PIE

CONGRATULATURUS

SUMMOS IN PHILOSOPHIA HONORES DOCTORISQUE ET SOCII HONORARII ACADEMICI NOMEN JURA

PRIVILEGIA

EX UNANIMO DECRETO

CONTULIT

ATQUE IN EJUS REI FIDEM HANC TABULAM PUBLICANDAM ET SIGILLO UNIVERSITATIS MUNIENDAM CURAVIT.

VARSAVIAE DIE X MENSIS SEXTILIS MDCCCLXIV.

Varsaviae formis Kowalewski.

J. Mianowski.

L. S.

Universitati a litteris Wielgórski.

Professor Unterberger aus Dorpat überreichte folgendes Diplom eines Ehrenmitgliedes der dortigen Veterinärschule:

C. D.

AUSPICIIS SAPIENTISSIMIS ET FELICISSIMIS

ALEXANDRI SECUNDI

AUGUSTISSIMI SERENISSIMI ET POTENTISSIMI

TOTIUS ROSSIAE IMPERATORIS ET AUTOCRATORIS

DOMINI NOSTRI LONGE CLEMENTISSIMI

VIRUM DOCTISSIMUM

CAROLUM ERNESTUM A BAER

CLARISSIMUM OVI MAMMALIUM INVENTORI

MULTIS PRAETEREA MAXIMI MOMENTI SCRIPTIS ET AD ZOOTOMIAM ET AD ALIAS DOCTRINAS SPECTANTIBUS CELEBERRIMUM A CONSILIIS INTIMIS IMPERATORIAE LITERARUM ACADEMIAE PETROPOLITANAE HONORIS CAUSA ADSCRIPTUM ORDINUM S. STANISLAI CLASSIS PRIMAE S. ANNAE CLASSIS PRIMAE DIADEMATE IMPERATORIO ORNATI BORUSSICI CIVIBUS HONORIS MERITIS DESTINATI SUECICI CUI SEPTENTRIONI NOMEN EST EQUITEM SPLENDIDISSIMUM

ANNO MDCCCLXIV MENSIS AUGUSTI DIE XXIX

QUO DIE ABHINC DECEM LUSTRA IN CAESAREA LITERARUM UNIVERSITATE DORPATENSI

SUMMOS IN MEDICINA HONORES ADEPTUS EST CONGRATULATUR

ATQUE

SOCIUM HONORARIUM

CREAT

SENATUS SCHOLAE VETERINARIAE

DORPATENSIS

QUEM ACTUM SOLEMNEM TESTIMONIO CONFIRMAT

FRIDERICUS UNTERBERGER

SCHOLAE VETERINARIAE DORPATENSIS PROFESSOR DIRECTORQUE ACTU A CONSILIIS PUBLICIS ET EQUES.

L. S.

N° 15.

Akademiker Ferd. Joh. Wiedemann überbrachte den Gruss der Ehstländischen Literarischen Gesellschaft, welche als Festschrift einsandte:

Ueber
die Verbindungsweise der in den organischen Körpern enthaltenen
Mineralbestandtheile
von
A. Neimandt,
ordentlichem Mitgliede der estländischen literärischen Gesellschaft.
Reval.
Druck von J. H. Gressel.
1864.

Vorangedruckt ist folgende Widmung:

Sr. Excellenz
dem Herrn Geheimrath und hoher Orden Ritter
Akademiker
Karl Ernst von Baer,
dem gefeierten Gelehrten,
dem eifrigen Forscher auf den mannigfaltigsten Gebieten der Wissenschaft,
dem rastlos nach dem Wahren und Schönen strebenden Manne,
dem edlen Sohne Estlands
widmet diese Blätter
zur Feier
des 29. August (10. Sept.) 1864
des fünfzigsten Jahrestages seiner Doctorpromotion
als
geringes Zeichen ihrer unbegrenzten Verehrung
die estländische literärische Gesellschaft
zu
Reval.

Im Auftrage der Ritter- und Domschule in Reval überreichte der Geheimrath Aug. Wilhelm Schneider, welcher mit dem Jubilar im J. 1810 zugleich den Cursus auf dieser Schule absolvirt hatte, folgende Jubelschrift

Der Maigraf und seine Feste
vom
Oberlehrer Eduard Pabst.

Vorangedruckt ist folgende Widmung:

Sr. Excellenz
dem Herrn Geheimrath und Ritter
Karl Ernst von Baer,
Mitglied der Kaiserlichen Akademie der Wissenschaften zu St. Petersburg,
bringt,
als ihrem ehemaligen Zögling,
zum funfzigjährigen Doctorjubiläum
am 29. August (10. September) 1864
ihre aufrichtige Verehrung
der
die Ehstländische Ritter- und Domschule.
Reval 1864.

Bischof Dr. Ulmann, ein Studiengenosse des Jubilars, brachte seinen Glückwunsch in folgendem Gedichte dar:

Dem Jubilar
Karl Ernst von Baer
am 29. August 1864
sein Jugendfreund
C. Chr. U.

St. Petersburg.
Buchdruckerei der Kaiserlichen Akademie der Wissenschaften.

Wenn, theurer Bruder, heut' in grossen Schaaren
Dich Freunde und Verehrer rings umstehn,
Mit freud'gem Gruss und Dank nach funfzig Jahren
Dein Doctor-Jubiläum zu begehn,
Wenn Dein noch rüstig Haupt in greisen Haaren
Umkränzend Lorbeern wohlverdient umwehn, —
Da siehst Du auch den alten Freund Dir nahen:
Wollst freundlich seinen Herzensgruss empfahen!

Doch komm' ich nicht zu Dir mit lautem Preisen, —
Dazu ist mir das Herz nicht angethan,
Es tritt zu mir Erinnerung mit leisen,
Doch lieben alten Stimmen nah heran,
Und ich vermag es nicht, sie abzuweisen,
Ich höre gerne ihre Sagen an, —
Und rasch sind funfzig Jahre mir verschwunden,
Als Jüngling seh ich mich mit Dir verbunden.

O denkst Du noch, mein Bruder, jener Zeiten,
Da wir in Dorpat Hand in Hand gelegt,
Vor uns des Lebens ungemess'ne Weiten,
In uns die Brust von Jugenddrang bewegt,
Um uns, die gleichem Streben dort sich weihten
Und treu mit uns den Freundschaftsbund gehegt,
Zu Scherz und Ernst vereint in schönen Stunden,
Das freie Herz in Liebe nur gebunden?

Denkst Du daran, wie wir in trautem Kreise
Da in die Zukunft wohl hinausgeschaut,
Wie wir der Phantasie in luft'ger Reise
Zu folgen jugendmuthig uns getraut
Und wiederum besonnen ernster Weise
Uns unsres künft'gen Lebens Plan gebaut?
Nicht wenig wollten wir dem Leben bieten,
Nicht wenig auch für uns von ihm erbitten.

Es war uns Ernst in tapfrem Wort und Thaten
Das Unsre auch zu thun in unsrer Zeit,
Wir wollten Gutes schaffen, bilden, rathen
Und kämpfen gegen Lug und Schlechtigkeit:
Aufspriessen sahen wir da Segenssaaten
Im theuren Vaterlande weit und breit, —
Wie sollte Hoffnung solch ein edles Träumen
Mit ihren grünen Kränzen nicht umsäumen?

Drum sahn wir reichen Lohn uns auch erblühen
Und schmückten herrlich uns die Zukunft aus:
Wie war's so fröhlich, lieblich da gediehen
In allen Theilen des erträumten Bau's!
Wie lohnte da nach Tages Last und Mühen
Mit Seligkeiten uns das stille Haus!
Wie wollten wir uns stets in froher Runde
Auch wiederfinden zu erneutem Bunde!

Ein halb Jahrhundert ist seitdem verflossen,
Mein alter Bruder, — uns deckt graues Haar, —
Was wir seitdem gethan, was wir genossen,
Es stellt sich unsern Blicken heute dar; —
Was ist aus jener Traumessaat entsprossen,
Wie viel von dem Erwarteten ward wahr?
Wie viel erfüllte sich von den Gesichten
Der Jugend, wenn wir streng uns selber richten?

Ach, schau'n wir um uns, — wo sind die geblieben,
Die Freunde, die sich einst mit uns geeint?
Es ruhen unter'm Rasen viel der Lieben,
Die mit uns einst geträumt, gelacht, geweint,
Und Manchen hat sein Loos weit fortgetrieben,
Wie selten schaute doch der Freund den Freund!
Hiehin und dorthin stellte uns das Leben,
Und selten nur gelang vereintes Streben.

Und wahr bleibt's auch, — so innerlich verbunden,
Als wir uns dünkten, also blieb es nicht;
Was Einer da als Lebensziel gefunden,
Es ward dem Andern nicht zur höchsten Pflicht.
Wer war da krank, wer waren die Gesunden,
War Nacht den Einen, was den Andern Licht?
Wir fühlten's, lieber Bruder, wohl mit Schmerzen,
Es wurden innerlich getrennt oft Herzen.

Wir bauten uns ein Haus, mit inn'gem Danken
Erkennen wir den Segen, den's gebracht.
Doch, Theurer, die idyllischen Gedanken,
Wo blieben sie, die wir uns einst gemacht?
Des Lebens Prosa setzte ihnen Schranken,
Es schwand der Phantasieen blum'ge Pracht,
Es wechselten des Hauses stille Freuden
Gar oft uns ab mit bittern Herzensleiden.

Auch sie, die Hand in Hand mit uns gegangen
Durch Leid und Freud' auf unserm Lebenspfad,
Sie sind voran, wohin wir auch gelangen,
Und jetzt stehn wir allein nach Gottes Rath:
Die Kinder, die wir von dem Herrn empfangen,
Sie gingen aus zu eig'ner Lebensthat: —
Wir müssen's täglich mehr in unsern Jahren,
Dass irdisch Leben Scheiden heisst, erfahren.

Und ist denn nun vollbracht, was vorgenommen
Wir uns in unsrer Jugend frischem Muth!
Sind wir zu dem erstrebten Ziel gekommen,
Errangen wir der Welt ein bleibend Gut?
Gereichte es dem Vaterland zum Frommen,
Was wir gethan, und heisst's mit Recht: jetzt ruht! — ?
Wonach wir uns gesehnt, gestreckt im Leben,
Ergriffen wir es schon mit unserm Streben?

Mein Bruder, hast die Wahrheit Du errungen
Und bist von allen Zweifeln nun befreit? —
Mit Recht ist heute auch Dein Lob erklungen,
Du hast mit Ernst dem Forschen Dich geweiht:
Und doch — ich weiss es — bist auch Du gezwungen,
Es zu bekennen: weh der Eitelkeit!
Geringes Stückwerk ist, was wir erkennen,
Viel grösser unser Nichtwissen zu nennen!

Und ist es besser denn mit unsern Thaten?
O Bruder, nimm da mein Bekenntniss hin!
Ist Ein'ges auch durch Gottes Gnad' gerathen,
Nicht mein Verdienst errang ja den Gewinn:
Bedeutung beizulegen meinen Saaten,
Nur blöder Thorheit käm' es in den Sinn.
Wie viel versäumt, gefehlt in meinem Leben,
Das wolle Gott in Gnaden mir vergeben!

So blieben heute übrig denn nur Klagen,
Schau'n wir vergang'ne funfzig Jahre an?
Es blieben ungelös't der Jugend Fragen,
Es hätt' umsonst gemühet sich der Mann?
Von Gutem, Schönem wäre nichts zu sagen,
Nichts da, was noch den Greis erfreuen kann? —
O nein, mein Bruder, nein! Auch uns geziemen
Will heut' und immer lautes freud'ges Rühmen.

Wir rühmen laut des treuen Gottes Gnade,
Die uns bis hieher gütig hat gebracht,
Die auf von Ihm bestimmtem Lebenspfade
Mit reichen Gaben segnend uns bedacht,
Denn auch, was uns wohl dünken mochte Schade,
Hat sie zu wahrem Heile uns gemacht.
Wenn sie der Jugend Träume nicht erfüllet,
Ein tiefres Sehnen hat sie doch gestillet.

Sie hat in unsrer Schwachheit uns getragen,
Sie hat vergeben, wo wir schwer gefehlt,
Hat abgewendet manche böse Plagen
Und hat den schon gesunk'nen Muth gestählt,
Und wenn wir der Versuchung fast erlagen,
Sie gab's, dass wir das bess're Theil erwählt.
O Freund, dass wir es nimmermehr vergessen:
Die Gnade Gottes ist nicht zu ermessen!

Denn sieh, es fehlte nimmer doch ihr Segen,
Wo wir in Treuen ihr gefolgt, getraut,
Wir haben ihn auf des Berufes Wegen
Ja öfter freudig dankend auch geschaut,
Und nicht vergeblich sahn wir ihm entgegen,
Als wir uns unser friedlich Haus gebaut:
Wie heute ward uns mancher Tag gesegnet,
Da Gottes Huld uns freundlich ist begegnet.

Im Alter ist uns seine Gnad' geblieben,
Und sie verlässt uns, Bruder, nimmermehr.
Vereinsamt sind wir nicht, — noch manche Lieben
Versammeln sich, wie heute, um uns her.
Und wechseln lichte Tage auch mit trüben,
Drückt hie und da des Alters Last schon schwer:
Uns bleibt, bleibt auch auf nahem Todespfade,
Uns bleibt des treuen Gottes ew'ge Gnade.

Herr Heinrich Struve überreichte folgende, später in den Mémoires erschienene und dem Jubilar gewidmete Abhandlung:

Ueber den Salzgehalt der Ostsee

von

Heinrich Struve.

Der Akademie vorgelegt den 4. August 1864.

St. Petersburg, 1864.

Die Entomologische Gesellschaft brachte ihren Glückwunsch durch ihren Vicepräsidenten Obristen Radoschkowski dar und überreichte folgendes Werk:

Естественно-историческія изслѣдованія Санктпетербургской Губерніи производимыя членами Русскаго Энтомологическаго Общества въ С. Петербургѣ.

Томъ I.

Санктпетербургъ 1864. г.

mit der Dedication:

Посвящается

Карлу Максимовичу Бэру

въ память юбилея пятидесятилѣтней ученой дѣятельности

29 Августа 1864 года.

Die Mineralogische Gesellschaft überreichte durch ihren stellvertretenden Präsidenten Akademiker Kokscharow folgendes Diplom eines Ehrenmitgliedes der Gesellschaft:

МИНЕРАЛОГИЧЕСКОЕ ОБЩЕСТВО

СОИЗВОЛЕНІЕМЪ

АВГУСТѢЙШАГО ИМПЕРАТОРА

АЛЕКСАНДРА I

САМОДЕРЖЦА ВСЕРОССІЙСКАГО

и проч., и проч., и проч.

УЧРЕЖДЕННОЕ ВЪ САНКТПЕТЕРБУРГѢ

СИМЪ ДИПЛОМОМЪ СВИДѢТЕЛЬСТВУЕТЪ

ЧТО

ПОЧЕТНЫЙ ЧЛЕНЪ ИМПЕРАТОРСКОЙ С. ПЕТЕРБУРГСКОЙ АКАДЕМІИ НАУКЪ, ТАЙНЫЙ СОВѢТНИКЪ

И КАВАЛЕРЪ

КАРЛЪ МАКСИМОВИЧЪ БЭРЪ

ВЪ ЗАСѢДАНІИ 22 ЧИСЛА АВГУСТА 1864 ГОДА ИЗБРАНЪ

ПОЧЕТНЫМЪ ЧЛЕНОМЪ.

С. Петербургъ Августа 29 дня 1864 года.

Президентъ (отсутствуетъ)

№ 490. М. П. за Директора Н. Кокшаровъ.

Секретарь П. Пузыревскій.

Ferner übergab derselbe das Werk:

Verhandlungen der Kaiserlichen Gesellschaft für die gesammte Mineralogie
zu St. Petersburg.
Jahrgang 1863.
Mit 7 Tafeln, 2 geographischen Karten und 6 Holzschnitten.
St. Petersburg 1864.

Mit der Widmung:

Karl Ernst von Baer
am Tage des Jubiläums
seiner fünfzigjährigen wissenschaftlichen Thätigkeit
den 29. August 1864
von der Kaiserlichen Mineralogischen Gesellschaft.

Drittens kündigte er seine nachmals in dem achten Bande der Mémoires abgedruckte «Notiz über den Chiolith» an, mit der Dedication:

Herrn Geheimrath

Karl Ernst von Baer

zur Feier seines fünfzigjährigen Doctorjubiläums

am 29. August 1864

in tiefster Ehrfurcht gewidmet

von

N. v. Kokscharow.

Der Wirkliche Staatsrath Dr. Alexander von Volborth überreichte die Handschrift seiner seitdem im achten Bande der Mémoiren der Akademie erschienenen Abhandlung «Ueber einige neue ehstländische Illaenen». Zugleich machte er die Anzeige, dass er dem Jubilar zu Ehren ein neues Geschlecht von Crinoiden mit dem Namen Baerocrinus benannt habe. Die Dedication der Jubelschrift lautet:

Herrn Karl Ernst von Baer,

Ehrenmitglied der Akademie,

zur fünfzigjährigen Jubelfeier seiner wissenschaftlichen Thätigkeit

hochachtungsvoll gewidmet

von einem seiner jüngsten Collegen, aber schon alten Verehrer,

Dr. A. v. Volborth,

Corresp. Mitgliede der Akademie.

Professor Dr. Kessler übergab seine Abhandlung:

Описаніе рыбъ, которыя встрѣчаются въ водахъ С. Петербургской Губерніи.

С. Петербургъ 1864 г.

mit der Widmung:

Карлу Максимовичу Бэру

въ знакъ глубочайшаго уваженія и душевной преданности

К. Кесслеръ.

Die St. Petersburger Universität brachte folgenden Glückwunsch durch eine Deputation dar:

С. Петербургскій Университетъ привѣтствуетъ своего Почетнаго Члена Карла Максимовича Бэра въ день полувѣковаго Докторскаго его Юбилея.

Вы положили прочное основаніе великой наукѣ о развитіи животныхъ организмовъ, которая, по путямъ, Вами указаннымъ, разростается съ каждымъ годомъ все болѣе и болѣе. Безсмертное имя Ваше особенно дорого намъ, членамъ С. Петербургскаго Университета, столь близкимъ свидѣтелямъ Вашей разнообразной ученой дѣятельности. Сочувствіе наше къ Вашимъ заслугамъ еще усиливается сознаніемъ того, что многіе изъ отличнѣйшихъ трудовъ Вашихъ непосредственно направлены къ расширенію свѣдѣній о Россіи и на примѣненіе выводовъ науки къ практическимъ пользамъ нашего отечества.

Пусть же имя Ваше на всегда останется украшеніемъ списковъ нашихъ ученыхъ дѣятелей, пусть строки эти послужатъ Вамъ, въ этотъ торжественный день, знакомъ глубокаго уваженія и сочувствія всѣхъ и каждаго изъ насъ.

29 Августа 1864 г.

Э. Ленцъ.	Л. Дорнъ.
Ал. Воскресенскій.	В. Григорьевъ.
Ал. Савичъ.	П. Рѣдкинъ.
Иванъ Горловъ.	Г. Дестунисъ.
Антонъ Мухлинскій.	Д. Менделѣевъ.
Николай Благовѣщенскій.	И. Березинъ.
Мирза А. Каземъ-Бекъ.	Ф. Петрушевскій.
Иванъ Андреевскій.	Г. Лапшинъ.
Пафнутій Чебышевъ.	А. Вицынъ.
Александръ Коркинъ.	К. Голстунскій.
Ф. Овсянниковъ.	Д. Хвольсонъ.
Ф. Мейеръ.	М. Навроцкій.
Ор. Миллеръ.	А. Фаминцынъ.
Протоіерей В. Полисадовъ.	А. Бекетовъ.
И. Срезневскій.	И. Соколовъ.
Н. Ивановскій.	В. Бауеръ.
Н. Штейнманъ.	В. Васильевъ.
К. Кесслеръ.	К. Паткановъ.
Д. Чубиновъ.	М. Михайловъ.
Михаилъ Сухомлиновъ.	А. Чебышевъ-Дмитріевъ.
Д. Марго.	П. Пузыревскій.
К. Люгебиль.	М. Куторга.
Д. Будаговъ.	І. Соновъ.

Der Akademiker und Professor der St. Petersburger Universität Philipp Owsjannikow kündigte die seitdem im achten Bande der Mémoires der Akademie erschienene Abhandlung: «Ueber das Gehörorgan von Petromyzon fluviatilis» an. Sie hat die Widmung:

Herrn Carl Ernst von Baer

dem Begründer der Entwickelungsgeschichte der höheren Thiere

gewidmet

zu seinem fünfzigjährigen Doctorjubiläum

als Zeichen der tiefsten Dankbarkeit und ausgezeichneten Hochachtung

vom

Verfasser.

Hochverehrter Herr!

Zum Tage Ihres fünfzigjährigen Doctor-Jubiläums Ihnen die vorliegenden histologischen Studien über das Gehörorgan unserer Flussneunauge widmen zu können, gereicht mir zu ganz besonderer Freude.

Es wäre wohl entsprechender gewesen, wenn ich an dem Tage, an welchem Sie vor fünfzig Jahren die wissenschaftliche Bahn einschlugen, auf der Sie sich zu einem unerreichten Beobachter, zu dem glänzendsten Forscher unseres Jahrhunderts emporgeschwungen und den Grundstein zu einer der schönsten und fruchtreichsten Wissenschaften — der Entwickelungs-Geschichte der Thiere — gelegt haben, Ihnen eine Arbeit über einen anderen Gegenstand und von grösserem Umfange vorgelegt hätte. Doch sind Ihnen mehr wie jedem Andern die Schwierigkeiten auch dieser histologischen Untersuchung bekannt und Sie kennen jenen Faden, der eine streng ausgeführte Beobachtung, so vereinzelt sie auch dazustehen schiene, mit anderen zu einem Ganzen vereinigt.

Dieses giebt mir Hoffnung, dass Sie die vorliegende Schrift mit Nachsicht aufnehmen werden; denn nachsichtig sein, wissenschaftliches Streben ermuntern, mit weisem Rathe Jedermann beistehen — ist neben den streng wissenschaftlichen Forschungen von jeher eine der Aufgaben Ihres Lebens gewesen.

St. Petersburg, den 18. August 1864.

Ph. Owsjannikow.

Die Moskauer Universität übersandte folgendes Diplom eines Ehrenmitgliedes

ПОДЪ ВЫСОЧАЙШИМЪ ПОКРОВИТЕЛЬСТВОМЪ

ПРЕСВѢТЛѢЙШАГО, ДЕРЖАВНѢЙШАГО, ВЕЛИКАГО ГОСУДАРЯ

АЛЕКСАНДРА ВТОРАГО

ИМПЕРАТОРА И САМОДЕРЖЦА ВСЕРОССІЙСКАГО

И ПРОЧ., И ПРОЧ., И ПРОЧ.

ИМПЕРАТОРСКІЙ МОСКОВСКІЙ УНИВЕРСИТЕТЪ

УВАЖАЯ ВЕЛИКІЯ УЧЕНЫЯ ЗАСЛУГИ ПОЧЕТНАГО ЧЛЕНА АКАДЕМІИ НАУКЪ ТАЙНАГО СОВѢТНИКА

КАРЛА МАКСИМОВИЧА БЭРА

ПРИЗНАЕТЪ ЕГО

СВОИМЪ ПОЧЕТНЫМЪ ЧЛЕНОМЪ

СЪ ПОЛНОЮ УВѢРЕННОСТІЮ ВЪ ЕГО СОДѢЙСТВІИ ВО ВСЕМЪ, ЧТО КЪ УСПѢХАМЪ НАУКЪ, И КЪ БЛАГОСОСТОЯНІЮ УНИВЕРСИТЕТА СПОСОБСТВОВАТЬ МОЖЕТЪ.

МОСКВА ІЮЛЯ 28 ДНЯ 1864 ГОДА.

№ 1596.

У сего диплома Его Императорскаго Величества Московскаго Университета печать.

L. S.

Ректоръ Университета Д. С. С. и Кавалеръ Сергѣй Баршевъ.
Деканъ Ист. Фил. Фак. Д. С. С. и Кав. Сергѣй Соловьевъ.
Дек. Юрид. Фак. Д. С. С. и Кав. Заслуж. Проф. Никита Крыловъ.
Дек. Физ. Мат. Фак. С. С. и Кав. Августъ Давидовъ.
Дек. Мед. Фак. С. С. и Кав. Алексѣй Полунинъ.
Секретарь Совѣта Александръ Еналеевъ.

Die Moskauer Physico-Medicinische Gesellschaft übersandte folgendes Diplom eines Ehrenmitgliedes:

SOCIETAS PHYSICO-MEDICA

CAESAREAE UNIVERSITATI MOSQUENSI ADSCRIPTA,

CONSILIO DIE V MENSIS JUNII, ANNI MDCCCLXIV HABITO,

VIRUM EXCELLENTISSIMUM, HUMANISSIMUM, DOCTISSIMUM

CAROLUM ERNESTUM DE BAER,

ILLUSTRISSIMUM ACADEMICUM PETROPOLITANUM

SOLEMNIA SEMISAECULARIA

DIE XXIX° MENSIS AUGUSTI FACTURUM

SOCIIS SUIS HONORIS

ADSCRIPSIT, EIQUE DECEM LUSTRA AETATIS, IN HISTORIAE NATURALIS ARTISQUE SALUTARIS

FRUCTUM ET EMOLUMENTUM PERACTA,

VENERABUNDA CONGRATULATUR

L. S.

Propraeses Dr. N. Anke.
Loco secretarii Dr. Al. Loewenthal.

Beigelegt war folgendes Schreiben:

VIRO

EXCELLENTISSIMO, ILLUSTRISSIMO, DOCTISSIMO

CAROLO ERNESTO DE BAER

Dr. NICOLAUS ANKE

S. P. D.

Societas physico-medica, Caesareae Universitati Mosquensi adscripta, quantum in altioribus studiis doctrinisque ad naturam investigandam pertinentibus nomen Tuum valeat valiturumque sit, probe judicans et agnoscens, concilio die primo mensis Junii habito, omnium consensu constituit ac me, vice Praesidis fungentem, jussit, Tibi, socio suo honorario, solemnia semisaecularia eaque decem aetatis lustra, quae non modo in rebus naturalibus summa cum laude et gloria perscrutandis explicandisque, sed etiam in artis salutaris fructum et emolumentum peregisti, pio animo per literas congratulari. Quo nihil unquam exoptatius et honorificentius mihi quidem evenire potuisse confiteor. Toto enim pectore Tibi, viro in literis consenescenti, pro eo, quod Tuum est, naturae studio ejusque proventu secundo fausta omnia pie venerabundus opto laetisque precationibus ominor.

Hoc loco nihil attinet omnia Tua promerita orando complecti, aut opera omnia ab inaugurali Tua «de morbis inter Esthonos endemicis» dissertatione ad recentissimam primae hominum in Europa conditionis expositionem dinumerando percensere, aut omnia, quae de natura rerum divinitus cogitatione comprehendisti, seorsum praedicare. Constat enim inter omnes indefessum Tuum assiduumque studium fructus cepisse auctoritatis extremos.

Itaque de Te gratulor etiam patriae, cujus optimus es omniumque observantia, veneratione et quovis honore dignissimus filius, quem ne senectus quidem adventans et urgens in studiis obmutescere coëgit. Numquam languescente industria Tua, cujus omnes intendens nervos et quasi helnans studiis Tu de Te, vir egregie, Tuoque jure potes cum viro illustrissimo Augusto Boeckh dicere:

γηράσκω αἰεὶ πολλὰ διδασκόμενος!

Exiguum profecto vitae et laboris curriculum natura mortalibus circumscripsit, immensum gloriae.

Sit igitur Deus omnipotens Tibi usque propitius, diuque incolumem Te, vir integerrime, servans benigne sinat animum habere tanquam arcum intentum atque languescentem succumbere temporibus.

Vale nobisque fave, vir humanitate et doctrina praecellens, vale et redama nos, qui industriam Tuam auctoritatemque pia mente veneramur et admiramur.

Scripsi Mosquae, die XIX mensis Julii, anni MDCCCLXIV.

Die Moskauer Gesellschaft der Naturforscher übersandte folgendes Diplom eines Ehrenmitgliedes:

AUSPICIIS AUGUSTISSIMI

POTENTISSIMI ATQUE CLEMENTISSIMI PRINCIPIS

ALEXANDRI SECUNDI

OMNIUM RUSSIARUM

IMPERATORIS ET AUTOCRATORIS

ET CETERA, ET CETERA, ET CETERA

SOCIETAS CAESAREA NATURAE CURIOSORUM MOSQUENSIS

CONVENTU DIE 30 APRILIS ANNI 1864 SOCIUM SUUM ORDINARIUM

VIRUM PERILLUSTREM ET CELEBERRIMUM

CAROLUM ERNESTUM DE BAER

A CONSILIIS INTIMIS PLURIUMQUE ORDINUM EQUITEM

PROPTER SUMMA EJUS MERITA QUIBUS OCCULTISSIMA GENERATIONIS PHAENOMENA ELUCIDAVIT

INDEFESSOSQUE IN SCRUTANDIS CORPORIS ORGANICORUM FUNCTIONIBUS LABORES

AD DIEM 29 AUGUSTI HUJUS ANNI QUO ANTE HOS QUINQUAGINTA ANNOS DOCTORIS ADEPTUS EST GRADUM SOLENNITER CELEBRANDUM

SOCII HONORII

NOMINE ORNARI, UNO ANIMO UNAQUE VOCE STATUIT ATQUE DECREVIT.

Praeses: Demetrius Lewschin.

L. S. Vice-Praeses: Alexander Fischer de Waldheim.

Secretarii: F. Auerbach. Dr. Renard.

N° 492.

Diarii generalis Soc.

anni 1864.

Beigegeben war folgendes Glückwunschschreiben:

Императорское
Московское Общество
Испытателей Природы.

Августа 22 дня 1864 г.

№ 1854.

Москва.

Милостивый Государь,

Карлъ Максимовичъ!

Привѣтствовать Ваше Превосходительство въ нынѣшній для Васъ и для науки столь многознаменательный день задушевнымъ поздравленіемъ для Императорскаго Московскаго Общества Испытателей Природы тѣмъ отраднѣе, что настоящее столь рѣдкое, и рѣже еще столь заслуженное торжество, доставляетъ ему случай объявить Вамъ, своему достопочтенному сочлену, чувства высокаго уваженія и признательности къ неутомимымъ трудамъ Вашимъ на поприщѣ естествознанія, которое Вы глубокими своими изысканіями и геніальными, свѣтлыми взглядами вѣрно направляли, расширяли, обогатили множествомъ важнѣйшихъ фактовъ. Высказать все, чѣмъ Вамъ обязаны антропологія, краніологія, сравнительная физіологія, зоологія, рыбоводство, изложить всѣ полезныя послѣдствія предпринятыхъ Вами ученыхъ экспедицій, значило бы разсказать подробно всѣ почти важнѣйшіе успѣхи упомянутыхъ отраслей знанія въ истекшемъ полустолѣтіи и разрѣшить многіе и самые трудные еще столь недавно вопросы, Вами вполнѣ разъясненные.

Этими своими доблестными и многосторонними заслугами, Вы побудили Общество Испытателей Природы гордиться тѣмъ, что считаетъ Васъ между своими сочленами и выразить желаніе еще ближайшаго общенія съ Вами, а равно и принести дань своего высокопочитанія единодушнымъ избраніемъ Васъ въ званіе своего Почетнаго Члена.

Имѣя честь препроводить при семъ дипломъ на это званіе Общество проситъ Ваше Превосходительство принять его какъ знакъ глубокаго уваженія и отъ души желаетъ, чтобы Всевышній укрѣпилъ Ваши силы на многія лѣта для новыхъ подвиговъ на пользу науки, которой Вы давно служили украшеніемъ.

Президентъ Д. Левшинъ.

За Вице-Президента И. Брашманъ.

Первый Секретарь К. Ренаръ.

Die zu Anfang des Jahres 1864 gestiftete Gesellschaft der Freunde der Naturwissenschaft an der Moskauer Universität sandte folgendes Diplom eines Ehrenmitgliedes:

ОБЩЕСТВО ЛЮБИТЕЛЕЙ ЕСТЕСТВОЗНАНІЯ
СОСТОЯЩЕЕ ПРИ
ИМПЕРАТОРСКОМЪ МОСКОВСКОМЪ УНИВЕРСИТЕТѢ
ВЪ ЗАСѢДАНІИ 14 МАЯ 1864 ГОДА
ИЗБРАЛО
КАРЛА МАКСИМОВИЧА БЭРА
СВОИМЪ
ПОЧЕТНЫМЪ ЧЛЕНОМЪ.

Члены совѣта: — Президентъ Г. Щуровскій.
А. Богдановъ. — Вице-Президентъ А. Давидовъ.
Н. Керцелли. — L. S. — Секретарь Н. Зенгеръ.

Das Begleitschreiben lautet:

Милостивый Государь
Карлъ Максимовичъ!

Глубоко сознавая важность тѣхъ заслугъ, которыя были оказаны Вашимъ Превосходительствомъ, наукѣ вообще и изученію дорогой для васъ Россіи въ частности, Общество Любителей Естествознанія, устроившееся при Московскомъ Университетѣ для способствованія отечественному естествовѣдѣнію, единодушно положило просить Васъ принять званіе его Почетнаго Члена.

Считаю себя счастливымъ, что на меня какъ на Президента Общества выпала доля привѣтствовать Васъ отъ имени его въ торжественный день Вашего юбилея.

Президентъ Гр. Щуровскій.

Beigelegt waren Bogen 1—2 des amtlichen Organs der Gesellschaft unter dem Titel

Извѣстія Общества Любителей Естествознанія состоящаго при Императорскомъ Московскомъ Университетѣ.

Die Universität Charkow sandte folgendes Diplom eines Ehrenmitgliedes:

ПОДЪ ВЫСОЧАЙШИМЪ ПОКРОВИТЕЛЬСТВОМЪ

ВСЕПРЕСВѢТЛѢЙШАГО, ДЕРЖАВНѢЙШАГО, ВЕЛИКАГО ГОСУДАРЯ

АЛЕКСАНДРА НИКОЛАЕВИЧА,

ИМПЕРАТОРА И САМОДЕРЖЦА ВСЕРОССІЙСКАГО,

и проч., и проч., и проч.,

ПРИ МИНИСТРѢ НАРОДНАГО ПРОСВѢЩЕНІЯ, СТАТСЪ-СЕКРЕТАРѢ, ТАЙНОМЪ СОВѢТНИКѢ И КАВАЛЕРѢ

АЛЕКСАНДРѢ ВАСИЛЬЕВИЧѢ ГОЛОВНИНѢ;

ПРИ ПОПЕЧИТЕЛѢ ХАРЬКОВСКАГО УЧЕБНАГО ОКРУГА, ТАЙНОМЪ СОВѢТНИКѢ И КАВАЛЕРѢ

КАРЛѢ КАРЛОВИЧѢ ФОЙГТѢ;

ПРИ РЕКТОРѢ, ДѢЙСТВИТЕЛЬНОМЪ СТАТСКОМЪ СОВѢТНИКѢ И КАВАЛЕРѢ

ВЛАДИМІРѢ АКИМОВИЧѢ КОЧЕТОВѢ,

СОВѢТЪ ИМПЕРАТОРСКАГО ХАРЬКОВСКАГО УНИВЕРСИТЕТА

ВЪ ЗАСѢДАНІИ СВОЕМЪ, 30 МАЯ 1864 ГОДА, ИЗБРАЛЪ

ТАЙНАГО СОВѢТНИКА

КАРЛА МАКСИМОВИЧА БЭРА,

ВО УВАЖЕНІЕ УЧЕНЫХЪ ЗАСЛУГЪ ЕГО,

ПОЧЕТНЫМЪ ЧЛЕНОМЪ УНИВЕРСИТЕТА.

ХАРЬКОВЪ, АВГУСТА 21 ДНЯ 1864 ГОДА.

Ректоръ Императорскаго Харьковскаго Университета, Дѣйствительный Статскій Совѣтникъ и Кавалеръ В. Кочетовъ.

За Декана Истор. Филол. Факультета Ст. Сов. и Кав. П. Тихоновичъ.

За Декана Юридич. Факультета Ст. Сов. и Кав. А. Станиславскій.

М. П.

Деканъ Физико-Матем. Факультета Дѣйств. Ст. Сов. и Кав. А. Черпай.

Деканъ Медиц. Факультета Ст. Сов. и Кав. К. Демонси.

Секретарь Совѣта, Коллежскій Ассессоръ и Кавалеръ А. Кожедубовъ.

Das Begleitschreiben lautet:

Министерство Народнаго Просвѣщенія.

—

Совѣтъ Императорскаго Харьковскаго Университета.

—

21 Августа 1861 года.

№ 988.

Харьковъ.

Господину Почетному Члену Императорской Академіи Наукъ Тайному Совѣтнику Карлу Максимовичу Бэру.

Совѣтъ Императорскаго Харьковскаго Университета считаетъ пріятнымъ долгомъ принести Вамъ свое искреннее поздравленіе въ полувѣковой юбилей Вашей ученой жизни.

Пятьдесятъ лѣтъ плодотворной дѣятельности доставили Вамъ громкое имя въ наукѣ. Труды Ваши по разработкѣ и распространенію научныхъ свѣдѣній о Россіи со стороны изученія ея въ естественноисторическомъ отношеніи упрочили за Вами право на признательность соотечественниковъ, которая перейдетъ въ отдаленное потомство.

Совѣтъ проситъ Васъ принять прилагаемый при семъ дипломъ на званіе Почетнаго Члена Харьковскаго Университета, какъ выраженіе чувствъ глубокаго уваженія, которое ученое его сословіе питаетъ къ Вашимъ заслугамъ.

Ректоръ Университета В. Кочетовъ.

Секретарь Совѣта А. Кожедубовъ.

Die Universität Kasan sandte folgendes Telegramm an den beständigen Secretär der Akademie der Wissenschaften:

Казанскій Университетъ высоко цѣня ученыя заслуги Академика Бэра искренно поздравляетъ его съ пятидесятилѣтнимъ торжествомъ его неутомимаго и славнаго служенія наукѣ.

Ректоръ Осокинъ.

Die Königliche Bayerische Akademie der Wissenschaften übersandte folgenden Glückwunsch:

Q. F. F. F. S.

CAROLO ERNESTO A BAER

ACADEMIAE PETROPOLITANAE SOCIO

VIRO SINGULARIS DOCTRINAE, ACUMINE INGENII, SCIENTIAE PROFUNDITATE, PERSEVERANTIA INDAGINIS NON MINUS ILLUSTRI QUAM MORUM PROBITATE ANIMIQUE CONSTANTIA,

RERUM NATURAM QUI SUIS OCULIS MIRE DISQUISIVIT, MULTA DETEXIT NOVA, LEGIBUS STABILIVIT ARCANA GENETRICIS AETERNAE,

QUI IDEM PER REMOTAS ORBIS NOSTRI ET INHOSPITAS REGIONES CUM MAGNO FRUCTU PEREGRINATUS EST, NULLO OBSTACULO IMPEDIENDUS, NULLO HORRORE REPULSANDUS.

DIEM MENSIS SEPTEMBRIS QUINTUM

QUO DIE ANTE QUINQUAGINTA ANNOS SUMMUM IN MEDICINA HONOREM ADEPTUS EST

SOCIO SUO AESTIMATISSIMO

CONGRATULATUR

ACADEMIA SCIENTIARUM ET LITTERARUM R. BOICA.

Monachii mense Augusto exeunte
a. M.D.CCC.LXIV.

Absente praeside Marc. Jos. Müller
ab epistolis classis philos. et philol.

L. S.

Dr. Car. Fr. Ph. Martius
Secr. class. math. phys.

Beigefügt war folgendes Schreiben von Martius:

Hochwohlgeborner Herr,

Hochverehrtester Herr College!

Im Namen und Auftrage der K. Bayrischen Akademie der Wissenschaften habe ich die Ehre Ihnen einen Glückwunsch zu Ihrem Doctor-Ehrentage zu übersenden. Empfangen Sie diesen Beweis von Theilnahme an Ihren grossen Erfolgen auf so vielen Gebieten der Wissenschaft und von jener Verehrung, die eine wissenschaftliche Körperschaft gerne dem unerschrockenen Forscher, dem muthigen Freunde und Kämpfer der Wahrheit widmet, in heiterer Kraft des Alters, so ist auch mein persönlicher Wunsch erfüllt. Ich schätze mich glücklich, Ihnen am Abend unseres Lebens diesen Beweis akademischer Sympathie entgegenbringen zu können!

Meine Erinnerung lässt Ihr Bild aus der schönen Jugendzeit vor mir auftauchen. Als ich im Sommer 1815 durch die Alpen von Salzburg und Kärnthen botanisirte, erreichte ich an einem hellen Mittage eine hohe Alpenhütte — irre ich nicht in der Immelau —, da stand unter der Thüre ein junger Naturforscher; Sie waren's. Wir schieden bald aus einander und das Geschick hat uns in entgegengesetzte Richtungen geführt: Sie nach Novaja Zembla, mich nach dem Aequator. — Vieles haben wir Beide gesehen, erfahren, gelitten, gedacht, gestrebt, Vieles gewonnen. Manchem entsagt. Nun geht es die letzten Stationen der Lebensreise rascher bergab: wie Gott will. In aufrichtiger Verehrung und Neigung reicht Ihnen die Hand, auch ein Jubilarius, in treuen Segenswünschen

Ihr

Martius,
Secr. d. math. phys. Classe.

Muochen d. 23. Aug. 1864.

Im Namen des Vereins für Erdkunde in Dresden sandte der Präsident Dr. Karl Andree folgendes Glückwunschschreiben:

Verehrter Mann!

Ein Weiser unter den Hellenen hat gesagt, die Götter könnten dem sterblichen Menschen keine höhere Gunst erweisen, als wenn sie ihm, bei voller Frische des Geistes und körperlichem Wohlsein, ein hohes Alter schenken.

Solch ein glückliches Loos wird nicht Vielen beschieden, Ihnen aber hat der Himmel dasselbe gegönnt; er wird, so hoffen wir, noch manches Jahr hinzulegen, und auch Ihnen gewähren, was unserm Humboldt, Ihrem Freunde, nicht versagt blieb. Besonders an dem Jubeltage, der für Sie ein Fest hoher Ehre ist, wird dieser Wunsch den grossen Kreis Ihrer Verehrer durchdringen. Sie haben deren unter allen Culturvölkern, besonders aber in Deutschland, wo wir, mit nicht geringem Stolz, auf Sie, als einen hervorragenden Mann unter unseren Stamm- und Sprachgenossen hinblicken.

Was Sie für die Wissenschaft geleistet, weiss die Welt, und Ihr Name wird hochgeehrt bleiben im Fortgang der Jahrhunderte: Sie haben für alle Zeiten Ihren Platz unter den Ersten. Wir wissen aber auch, dass Sie als Mensch im hohen Grade achtbar, dass Sie ein *homo integer* und in sich zu jener innern Harmonie gelangt sind, welche erst den ganzen Mann macht.

Wer, hochverehrter Herr, gleich Ihnen mit vollem Genüge auf ein an Geistesthaten so reiches Leben zurückblicken kann: wer sich sagen darf, dass er stets mit voller Hingebung und unermüdetem Eifer für die Wissenschaft gewirkt, und dass dieser heilige Eifer auch im Greisenalter noch ungemindert und ungeschwächt ihn durchglüht, — der ist glücklich zu nennen. Für ihn ist das lange Leben und Streben ein hoher Gewinn gewesen; er findet volle Befriedigung, wenn er, wie Sie, sich selber sagen darf, dass er stets als Ehrenmann seine Pflicht gethan, und dann auch, dass seine Leistungen, von Allen, welche dieselben zu begreifen verstehen, nach Gebühr anerkannt werden.

Insbesondere sind auch die Anthropologie, die Ethnologie und die Erdkunde durch Sie, hochgeehrter und vortrefflicher Mann, in ganz eminenter Weise bereichert und weiter geführt worden; und dafür sind namentlich wir, die Mitglieder des Vereins für Erdkunde in Dresden, Ihnen aufrichtig dankbar. An Ihrem Jubel- und Freudentage werden Viele Ihnen Zeugniss ablegen von der innigen Verehrung, welche sie vor dem Meister der Wissenschaft und vor dem edeln Menschen hegen; — gestatten Sie, dass auch wir Ihnen unsern herzlichen Glückwunsch darbringen, und Ihnen aufrichtigen Dank sagen, für das Grosse was Sie geleistet und von dem ja auch uns so vieles zu Gute kommt.

Und um einer guten deutschen Sitte ihr Recht zu lassen, werden wir an unserm nächsten Versammlungsabend einen rechtschaffenen Trunk thun und die Gläser erklingen lassen auf das Wohlergehen und langes Leben unseres Ehrenmitgliedes K. E. von Baer, des Jubilars in St. Petersburg.

Im Frühling des Jahres 1863 haben wir einen Verein für Erdkunde gegründet, dessen Mitgliederzahl nun schon auf nahe an anderthalbhundert herangewachsen ist. Als wir vor einigen Monaten unsere erste Jahresversammlung hielten, haben wir uns zu ehren geglaubt, als wir Sie, der Allerwürdigsten einen, zu unserem Ehrenmitglied ernannten. Eine bekränzte Tafel mit Ihrem Namen hing in unserem grossen Versammlungssaale neben denen von Humboldt, Leopold von Buch, Pallas und Georg Forster. Wir geben Ihnen, von Pietät durchdrungen, diese Kunde an Ihrem Jubeltage, an welchem unsere Gedanken theilnahmsvoll bei Ihnen sind. Nehmen Sie das Diplom, welches Herr Staatsrath Schiefner zu überreichen sich freundlich bereit erklärt hat, wohlwollend entgegen als ein Zeichen unserer Hochachtung.

Ihnen wird, wir wiederholen den Wunsch, zu Ihrer, zu unserer, zu Ihrer vielen Verehrer Freude noch manches grüne, frische Jahr beschieden sein: Sie werden rüstig weiter arbeiten auf dem Gebiete der Wissenschaften, welche Ihnen so Vieles und so Grosses verdanken.

Im Auftrage des Vereins für Erdkunde zu Dresden der erste Präsident

Dresden den 6. September 1864.

Dr. Karl Andree,
Consul der Republik Chile.

Das Diplom lautet:

Der Verein für Erdkunde zu Dresden
ernennt
Karl Ernst von Baer
in St. Petersburg
zu seinem Ehren-Mitgliede.

Dresden den 30. März 1864.

Der Vorsitzende Karl Andree, Dr.
Der Schriftführer S. Ruge.

Von der Senkenbergischen Naturforschenden Gesellschaft in Frankfurt a. M. war folgendes Gratulationsschreiben eingelaufen:

Hochgeehrter Herr!

Glücklich zu preissen ist der Priester der Wissenschaft, dem es vergönnt war, ein halbes Jahrhundert hindurch ihre heilige Flamme zu nähren, dass sie weit hinaus strahlte über alle Völker des Erdballs, doppelt glücklich der, bei welchem nach fünfzigjährigem Dienste die Reife der Erfahrung sich paart mit schöpferischer Jugendkraft, dass er selbst dasteht als ein Bild der ewig schaffenden, ewig sich erneuernden Natur, dreifach glücklich aber derjenige, welcher über dem Priester den Menschen nicht vergessen.

Darum ruft die Senkenberger Naturforschende Gesellschaft Ihnen, grosser *Jubilar*, ein dreifaches Heil zu, dem treuen Beobachter und Untersucher, dem tiefblickenden Reisenden, dem scharfen Unterscheider, dem Vater der Entwickelungsgeschichte und Craniologie, dem deutschen Forscher. Denn wenn auch fremde Laute an Ihrer Wiege erklangen, das deutsche Blut, welches in Ihren Adern fliesst, hat sich nie verläugnet und Ihre Liebe zum alten grossen Vaterlande ist nicht erkaltet in der nordischen Hauptstadt.

Und so nehmen Sie denn Gruss und Handschlag Gleichgesinnter am heutigen Ehrentage als Zeichen der Dankbarkeit für all das Grosse, was Sie in der Wissenschaft gethan und hoffentlich lange noch in ungeschwächter Kraft leisten werden.

Möge es der Senkenberger Naturforschenden Gesellschaft vergönnt sein, Sie noch einmal in ihrem Kreise zu sehen, um Ihnen besser, als es der todte Buchstabe vermag, ausdrücken zu können, wie gross die Verehrung ist für Ihr Schaffen und für Sie selbst.

Hochachtungsvoll

Frankfurt a./M. den 3. September 1864.

Dr. Spiess, d. Z. 1ster Director.	Prof. Dr. Gustav Lucae, d. Z. 2ter Director.
Dr. Stiebel, d. Z. 1ster Secretär.	L. von Heyden, Oberlieutenant, als 2ter Secretär.

Die philosophische Facultät der Universität Heidelberg übersandte folgendes Gratulationsschreiben:

Q. B. F. F. Q. S.

VIRO . DOCTRINA . INGENIO . FAMA . ILLUSTRI

NATURAE . SCRUTATORI . SAGACISSIMO . INTERPRETI . INTEGERRIMO

CAROLO . ERNESTO . DE . BAER

ESTHONI . NOBILI . MEDICINAE . DOCTORI . IMPERATORI . RUSSORUM . A . CONSILIIS . INTIMIS . ACADEMIAE . PETROPOLITANAE SOCIO . HONORARIO . EQUITI . RUSS . ORDINIS . SANCTAE . ANNAE . PRIMAE . CLASSIS . SANCTI . VLADIMIRI . TERTIAE . CLASSIS ORDINIS . BORUSSICI . DE . MERITIS . SUECICI . STELLAE . BOREALIS

SOCIETATIS . GEOGRAPHICAE . PETROPOLITANAE . LONDINENSIS . BEROLINENSIS . VIENNENSIS . ANTHROPOLOGICAE . PARISIENSIS . OECONOMICAE . PETROPOLITANAE . ELBINGENSIS . REGIOMONTANAE . HISTORICAE . RIGENSIS . LITERARIAE . ESTHNICAE . RERUM . NATURAE . PERSCRUTANDARUM . DORPATENSIS . MOSQUENSIS . HALLENSIS . GEDANENSIS . GORLICIANAE . HEIDELBERGENSIS . FRANCOFURTANAE . MINERALOGICAE . JENENSIS . MEDICORUM . REGIOMONTANAE . ERLANGENSIS . WIRCEBURGENSIS . ACADEMIAE . LEOPOLDINAE - CAROLINAE . BEROLINENSIS . MONACENSIS . BRUXELLENSIS . PARISIENSIS . HOLMIENSIS HAVNIENSIS . GOTTINGENSIS . VIENNENSIS . LONDINENSIS . INDICAE . BATAVIENSIS . ETC . SOCIO

QUI . IN . PRIMAS . ANIMALIUM . FORMATIONES . INQUIRENS . EMBRYOLOGIAE . COMPARATIVAE . AUCTOR PARENSQUE . VERE . EXSTITIT . ET . NORMALIBUS . CORPORUM . FORMATIONIBUS . COGNOSCENDIS . ABNORMES . QUOQUE . ADDIDIT

QUI . DE . VARIIS . ZOOLOGIAE . PARTIBUS . EXCOLENDIS . EGREGIE . MERITUS . COGNITIONEM . ANIMALIUM QUORUM . SPECIES . ADHUC . EXSTAT . AEQUE . ATQUE . EORUM . QUORUM . SPECIES . DUDUM . INTERIIT EXIMIE . PROMOVIT

QUI . ANTHROPOLOGIAM . QUOQUE . PERITISSIME . TRACTAVIT . ATQUE . CRANIOLOGICAE . DISQUISITIONIS EXEMPLA . PROPOSUIT . EGREGIA

QUI . PEREGRINATIONES . PLURES . EASQUE . PERICULOSISSIMAS . MAGNO . CUM . SCIENTIAE . FRUCTU SUSCEPIT . MULTAQUE . PRIMUS . INDE . ATTULIT . AD . MELIUS . COGNOSCENDAM . TERRAE . SUPERFICIEM ET . MUTATIONES . IN . EA . OBVIAS . CLIMATOLOGIAM . ET . METEOROLOGIAM . VALDE . AUXIT . GEOGRAPHICAE . SCIENTIAE . FINES . ULTERIUS . PROTULIT . ITEMQUE . ETHNOGRAPHIAM . AMPLIUS . EXCOLERE JUSTOQUE . FUNDAMENTO . SUPERSTRUERE . DOCUIT

QUI . HAEC . OMNIA . PRAESTITIT . ACCURATISSIME . OBSERVANDO . ET . SAGACISSIME . CONJICIENDO . INDEFESSA . INDUSTRIA . SUMMAQUE . DOCTRINA . ADHIBITIS . HISTORIAE . TESTIMONIIS . ATQUE . PHILOSOPHANDI . ACUMINE

QUI . QUAMQUAM . PLURIMA . IPSE . INVENIT . NUNQUAM . AB . ALIIS . QUAE . ALLATA . JAM . ERANT . NEGLEXIT . EAQUE . IPSE . SUMMA . AEQUITATE . ET . BENEVOLENTIA . DIJUDICAVIT . ATQUE . EXEMPLUM NATURAE . INDAGANDAE . PROPONENS . ALIOS . EXCITAVIT . AD . IPSIUS . VESTIGIA . INGREDIENDA

QUI . STIRPE . GERMANICA . NATUS . ESTHONUM . IN . TERRA . NON . SOLUM . RUSSIAM . IN . QUA . AD . MAXIMOS . HONORES . DIGNITATESQUE . EVECTUS . EST . ILLUSTRAVIT . SED . ETIAM . GERMANIAM . IN . QUA INSIGNIS . ET . MAGISTER . ET . SCRIPTOR . INCLARUIT . OMNIBUSQUE . TOTIUS . ORBIS . TERRARUM . GENTIBUS . INNOTUIT . ATQUE . SUO . IPSIUS . EXEMPLO . PROBAVIT . SCIENTIAE . FAMAM . NULLIS . GENTIUM FINIBUS . TERMINARI

QUI . ANIMI . CANDORE . PROBITATE . INTEGRITATE . SEMPER . EXCELLIT

SACRA . SEMISAECULARIA

SUMMORUM . IN . MEDICINA . HONORUM . DECEM . ABHINC . LUSTRA . DIE . XXIX . AUGUST . A. S.
X . SEPT. N. S. COLLATORUM

NOS . DECANUS . CETERIQUE . PROFESSORES . ORDINIS . PHILOSOPHORUM

IN . LITERARUM . UNIVERSITATE . RUPERTO-CAROLA

LAETABUNDI . EX . ANIMO . CONGRATULAMUR

SIMULQUE . TANTA . VIRI . PRAESTANTISSIMI . TAMQUE . DIUTURNA . MERITA . GRATISSIMO . ANIMO RECOLENTES

FAUSTISSIMA . QUAEQUE . APPRECAMUR

CUJUS . REI . UT . MONUMENTUM . EXSTARET . HASCE . LITERAS . DEDIMUS . ORDINIS . PHILOSOPHORUM SIGILLO . MUNITAS

HEIDELBERGAE . IN . UNIVERSITATE . RUPERTO-CAROLA . DIE XVIII JULII MDCCCLXIV.

Carolus Alexander Liber Baro de Reichlin Meldegg		H. Kopp.
Carolus Henricus Rau.	h. t. decanus.	G. Kirchhoff.
Joannes Christianus Felix Baehr.		Bernhardus Stark.
R. Bunsen.		O. Hesse.
Eduardus Zeller.		R. Blum.
Ludovicus Haeusser.	L. S.	G. Weil.
Arminius Koechly.		W. Wattenbach.
Ad. Holtzmann.		W. Hofmeister.
		L. Kayser.

Von der naturwissenschaftlichen Facultät der Universität Tübingen ging folgendes Gratulationsschreiben ein:

Euer Excellenz

habe ich die Ehre im Namen der hiesigen naturwissenschaftlichen Facultät die wärmsten Glückwünsche derselben zur Feier Ihres 50jährigen Doctorjubiläums darzubringen und die von Prof. Leydig verfasste Festschrift zu übersenden.

Der Name von Euer Excellenz glänzt als einer der ersten im Kranze der deutschen Gelehrten, die im russischen Kaiserreiche der deutschen Wissenschaft eine zweite Heimath gründeten und dem deutschen Forschungsgeiste ein unermessliches Gebiet eröffneten. Möge es Ihnen noch lange vergönnt sein an diesem friedlichen Eroberungskampfe Theil zu nehmen und neue Lorbeeren zu erndten, auf die auch wir in Deutschland stolz sein werden, denn wenn es auch nur Eine Wissenschaft giebt, so rühmt sich doch Jeder gerne der Fortschritte, die seine Landsleute in der Wissenschaft errungen haben.

Erlauben Euer Excellenz den Glückwünschen der Facultät auch meine persönlichen anzuschliessen und genehmigen Sie den Ausdruck der tiefsten Verehrung, mit der ich die Ehre habe zu sein

Euer Excellenz

Tübingen den 23. August 1864.

ergebenster

Dr. Hugo Mohl,
Decan der naturwissenschaftlichen Facultät.

Das Titelblatt der genannten Schrift des Dr. Leydig lautet:

Dem
hochverdienten Forscher
Carl Ernst von Baer
Kaiserl. russ. Wirklichem Staatsrathe
bringt
am X September
als am Tage seines fünfzigjährigen Doctor-Jubiläums
seine besten Glückwünsche
die naturwissenschaftliche Facultät
in Tübingen.

Inhalt: Leydig, das Auge der Gliederthiere

Tübingen
Gedruckt bei H. Laupp.
1864.

Die medicinische Facultät zu Basel sandte folgendes Gratulationsschreiben.

PROFESSORES FACULTATIS MEDICAE
UNIVERSITATIS BASILIENSIS
VIRO CLARISSIMO
CAROLO ERNESTO DE BAER
INVESTIGATORI TOTIUS NATURAE DILIGENTISSIMO
PETROPOLITANAE ACADEMIAE STUDIIS LITTERARUM
PROMOVENDIS SOCIO
LITTERATISSIMORUM ET ERUDITISSIMORUM HOMINUM SOCIETATIBUS
ADSCRIPTO
RUSSORUM IMPERATORI A CONSILIIS INTIMIS
SPLENDIDISSIMI CUIUSQUE EQUESTRIS ORDINIS
INSIGNIBUS ORNATO ETC. ETC.

S.

Nemo est, qui dubitet, quin summam vitae prosperitatem a diis habeant, qui in contemplatione rerum, quae natura involutae videntur, occupati vitam ad eum finem producant, ut nova inventa omni ratione confirmare et illustrare, ad variam doctrinam promovendam explicare et excutere, et ex aequalium existimatione merita laborum praemia ferre possint. Quod cum omnibus semper fuerit persuasissimum, tum singulari tua industria et diligentia magis etiam comprobatum est. Tu enim cum prima fundamenta quaestionis jecisses, qua de origine omnium animalium et de eorum incrementis disputatur, et, qua ratione per Asiam et Europam usque ad polum glacialem varia genera diffusa sint, exponitur, hanc disputationem ad genus humanum traduxisti et de antiquitatibus gentium et nationum, et de earum cognationibus, affinitatibus et migrationibus exposuisti omnibusque harum rerum studiosis lumen ingenii tui praetulisti, et viam ad subtiliorem doctrinam non solum aperuisti, sed etiam munivisti, ita ut, quod ne ab Agamemnonis quidem auctoritate erat alienum, habere aliquem in consiliis capiendis Nestorem, id virtute tua junioribus datum sit, ut auctorem habeant, quem in ethnographiae, quae dicitur, studio ducem sequantur. Maximas igitur gratias Deo optimo maximo habere et agere debemus, quod per amplius quinquaginta annos tibi eadem studia persequi concesserit. Tibi autem gratulamur, quod eius diei celebritatem vidisti, quo ante hos quinquaginta annos Philosophiae et Medicinae doctor renunciatus es. Itaque precamur a Deo O. M., ut vitam tuam laboriosam et fructuosam, immortali gloriae commendatam, omnibus bonis cumulatam otium moderatum et honestum excipiat: «Efficiantque ratas numina sancta preces».

Basileae Kalendis Sextilibus
MDCCCLXIV.

L. S.

Subscripsit Facultatis Decanus

Dr. L. Rütimeyer
Anat. comp. P. p. o.

Die medicinische Facultät zu Freiburg im Breisgau sandte eine durch ihre elegante Ausstattung mit farbigen Initialen und feinen Vignetten ausgezeichnete Gratulationsschrift folgenden Inhalts:

Dem hochverdienten Forscher
Karl Ernst von Baer.

Hochverehrter Jubilar!

Das Fest, welches am kommenden 10. September in der Hauptstadt des grossen nordischen Reiches zu Ehren eines deutschen Gelehrten gefeiert wird, findet einen freudigen Wiederhall wie im ganzen deutschen Lande, so auch in der alten Pflanzstätte deutschen Wesens und Wissens an dessen südlichsten Marken.

Die medicinische Facultät der Universität Freiburg würdigt die Bedeutung dieses festlichen Tages im vollsten Umfange. Das halbe Jahrhundert, das zwischen dem Tage, an welchem *Sie* 1814 die academischen Würden erhielten und dem bevorstehenden Festtage liegt, umschliesst eine der wichtigsten Perioden wie in der Geschichte der Naturwissenschaften überhaupt so insbesondere in der Geschichte der Zoologie. Und von den bedeutsamen Arbeiten dieses wichtigen Zeitraumes haben *Sie* einen mächtigen Theil gethan. *Sie* haben in jugendlicher Kraft die Entwickelungsgeschichte der Thiere und damit die Grundlage einer wissenschaftlichen Zoologie geschaffen und nach Jahren unermüdeten Forschens, bejahrt aber ungealtert, die physische Anthropologie zum Range einer Wissenschaft erhoben.

Die medicinische Facultät der Universität Freiburg ergreift gerne die festliche Gelegenheit, um *Ihnen*, hochverehrter Jubilar, ihre aufrichtigen Glückwünsche darzubringen und die Hoffnung auszusprechen, dass es *Ihnen* vergönnt sein möge, noch lange Jahre in ungeschwächter Kraft sich an den aufgegangenen Früchten *Ihres* segensreichen *Wirkens* zu erfreuen.

Hochachtungsvoll

Freiburg im Breisgau
d. 29. August 1864.

die medicinische Facultät
der Universität Freiburg i./B.

Weber.	de Bary.
Alexander Ecker.	Adolf Kussmaul.
C. Hecker.	Otto Funke.
L. v. Babo.	Rudolf Maier.

Die in Biella (in Piemont) versammelten Naturforscher Italiens sandten folgende Adresse ein:

Società italiana
di
Science naturali
Milano.

Biella (Piemonte) 8 septembre 1864.

La società italiana delle scienze naturale qui convocata in straordinaria adunanza, vuole che la patria di Malpighi, di Spallanzani, di Cavolini e di Rusconi sia rappresentata nella grande solennità del 10 septembre, in cui pei voti di tutta Europa si pone la corona della scienza sul capo venerando di Carlo Ernesto di Baer.

Quintino Sella.	Dr. Villa secondo.
Filippo de Filippi.	Franco Magni Griffi.
E. Cornalia.	P. Polli.
Antonio Villa.	G. Batt. Villa.
A. Stoppani.	Bollini Angelo.
Giuseppe Balsamo-Crivelli.	L'abbé Pierre Louis Ardisson.
Cristofe Bellotti.	B. Gastaldi.
Giulio Curioni.	P. Lioy.
Antonio Orsini.	Gorini Paolo.

G. Passerini.	Stoppani Carlo.
Dr. Tommaso Salvadori.	G. Gargantini-Piatti.
Alessandro Ghiotti.	Arturo Issel.
Panceri Paolo.	Giovanni Tranquilli.
C. Carlo Mella.	Lorenzo Sant' Ambrogio.
Sormani Francesco.	Bertoloni Giuseppe.
Craveri Federico.	Sella Eugenio.
Berruti Giacinto.	Maggi Leopoldo.
Verdoja Michele.	F. Lancia di Brolo.
Marinoni Camillo.	Prof. Camillo Rondani.
Franceschini Felice.	Giovanni Dujardin.
Gabrio Casati.	D. Gibelli Giuseppe.
Ferdinando Sordelli.	D. G. Omboni.
G. Guiscardi.	Dr. Benedetto Trompeo.

Vom Director der Ritter- und Domschule zu Reval Dr. Crössmann lief folgendes Telegramm ein:

»Die Jugend der Domschule, rückkehrend von heiterster Jubiläumsfeier aus Kosch, wiederholt dem hochverehrten Jubilar begeisterte Hochs!

Crössmann.

Aus einem bald darauf nachgesandten Briefe entnehmen wir folgende Stellen:

Der 29. August war ein fröhlichster Festtag für die Schule, der, um eine wissenschaftliche Grösse nicht lediglich mit Unthätigkeit zu feiern, nach einer auf das Fest bezüglichen Ansprache vor versammelten Classen mit Unterricht begonnen wurde: um 10 Uhr zog die ganze Schaar zu Fusse nach Kosch, um den ganzen Tag in heitersten Spielen und frohen Naturgenuss da zu Ew. Excellenz Ehren zu feiern. Den Lebehochs fehlte nichts von jugendlicher Begeisterung.

Uns, der gegenwärtigen Generation von Lehrern und Schülern, gebührt für die früheren Verdienste der Anstalt nicht die mindeste Zurechnung. So sehr wir uns derselben freuen und Antrieb und Vorbild darin suchen, so sind gegenwärtig wir doch nur die Empfangenden, die wir von Ew. Excellenz Ruhm zehren. Wahrlich aber wollen wir nicht erndten, wo wir nicht gesäet haben, sondern wir haben es nur als eine ausserordentlich glückliche Fügung zu preisen, dass den Söhnen des Ehstländischen Adels ein glänzendes Vorbild gegeben ist, wie ihrem Stande auch eine rein wissenschaftliche Laufbahn — ich adoptire vollständig die von Ew. Excellenz in diesem Sinne früher einmal gethane Aeusserung — nicht fern liegen darf bei entsprechenden Gaben. Ebendarum haben wir zu danken Ursache, dass Ew. Excellenz es nicht verwehren, dass wir aus Ihrem gefeierten Namen im Stillen Capital schlagen, dass wir die natürlich lebhafte Theilnahme der Jugend an einem ehemaligen Zöglinge und engsten Heimatligenossen zu der Einprägung des »Allzeit muss wollen mehr ein Mann, als er mit der That vollbringen kann«, zur Anregung und Belebung des jugendlichen Strebens zu verwerthen suchen.

So ist es eine theure Gabe, wenn die Schrift, die den Ruhm ihres Verfassers auf alle Zeiten festgestellt hat, von dem verehrten Autor selbst der Schule mit einer so liebenswürdigen, auch in gemüthlicher Beziehung als Vorbild dienenden, handschriftlichen Dedication geschenkt wird. Sie wird als einer unserer Hauptschätze verwahrt werden; Alles, was dazu beiträgt, die Liebe und Achtung der Jugend zu ihrer Bildungsstätte zu erhöhen, ist uns werthvoll.

Von den übrigen Gratulationsschreiben, welche eingetroffen waren, nennen wir:

1) Das Glückwunschschreiben des Vereins deutscher Aerzte zu St. Petersburg; es lautet:

Ew. Excellenz!

Obwohl das Gratulationsschreiben eines kleinen Gelehrtenkreises, neben den am heutigen Tage Ihnen zufliessenden Ovationen, nur eine bescheidene Rolle spielen kann, erlaubt sich der Verein deutscher praktischer Aerzte zu St. Petersburg, der das Glück hat Sie, Herr Geheimrath, zu seinen Ehrenmitgliedern zu zählen, Ihnen heute zu dem so rühmlich erreichten fünfzigjährigen Doctor-Jubiläum gleichfalls seinen Glückwunsch darzubringen.

Der Verein, dessen Mitglieder aus Ihren Schriften so manche Belehrung geschöpft, knüpft hieran den heissen Wunsch, dass es dem Allerhöchsten gefallen möge, Ihr Leben zum Besten der Wissenschaft und der Menschheit noch recht lange zu erhalten.

Agathon Büsch.	Johann Person.
Hermann Cantzler.	Carl Rauchfuss.
Friedrich Dell.	Emil Reinhold.
Froebelius.	Christian Ritter.
Leonhard Frohbeen.	Carl Rosenberger.
H. Heucking.	Karl Sadler.
E. Kade.	James Schmidt.
C. Lingen.	Leonhard Stunde.
Carl v. Mayer.	Nikolas Zdekauer.

Friedrich Weisse
d. Z. Director.

Friedrich Herrmann
z. Z. Secretair.

2) Die Zuschrift der Narvaschen Alterthums-Gesellschaft:

Allerhöchst bestätigte
Narvasche
Alterthums-Gesellschaft.

Narva
den 27. August 1864.
№ 242.

Ew. Excellenz!

Durchdrungen von den Gefühlen der grössten Hochachtung und Ehrerbietung, beehrt sich die Narvasche Alterthums-Gesellschaft Ew. Excellenz in diesen Zeilen zu dem so seltenen Feste Ihres fünfzigjährigen Doctor-Jubiläums in aller Ergebenheit die innigsten Glückwünsche abzustatten.

Im Namen der Narvaschen Alterthums-Gesellschaft

G. T. Walcker
d. Z. Präsident.

Heinrich Hansen
Secr.

3) Die gedruckte Zuschrift des Naturforschenden Vereins zu Riga:

Zur Jubelfeier
den 29. August 1864.
Sr. Excellenz dem Herrn Geheimrath, ordentlichen Akademiker und Professor emeritus
Dr. med. K. E. von Baer,
Mitgliede vieler gelehrten Gesellschaften und hoher Orden Ritter,
von dem Naturforschenden Verein zu Riga.

Hochverehrter Jubilar!

Mit weitschauendem Blick das Ganze zu beherrschen und die Einzelnheiten nicht zu übersehen, die Beziehungen von Detailverhältnissen zu den grossen Fragen zu erkennen und scheinbar geringfügige Thatsachen zur Ableitung allgemeiner Gesetze zu verwerthen: das ist grosser Geister Art. In der ruhmreichen Laufbahn eines halben Jahrhunderts, auf welche mit Ihnen heute die ganze gelehrte Welt dankerfüllt zurückblickt, haben auch Sie, der Nestor unter den Naturforschern Russlands, fortwährend neben den vielseitigsten Forschungen über allgemeine Lebensgesetze sich der minutiösen Beobachtung des Organismus in seiner Entwickelung unter den verschiedenartigen Erscheinungsformen hingegeben, sind Sie mit gleichem Interesse den Fortschritten der Wissenschaft und den Arbeiten ihrer Jünger gefolgt, ob sie nun von universeller Bedeutung waren oder nur einer eng begrenzten Sphäre angehörten. Wie Sie alle *wissenschaftlichen Bestrebungen achteten*, unterstützten Sie dieselben gern durch befruchtende Anregung in Wort und That und würdigten auch die minder glänzenden Leistungen Ihrer Theilnahme und Ermunterung. In Hinblick hierauf hofft denn auch der Naturforschende Verein zu Riga, welcher Sie mit Stolz seit 9 Jahren zu seinen Ehrenmitgliedern zählt, Sie werden seiner bescheidenen Thätigkeit gefolgt sein und auch von ihm am heutigen Jubeltage seine Huldigung und guten Wünsche entgegennehmen. Kann er sich auch nicht mit allen den zahlreichen Gelehrten, durch altberühmte Wirksamkeit ausgezeichneten Körperschaften messen, neben welche er sich reiht, *eines* Vorzugs ist er sich doch vor den meisten derselben froh bewusst, des Vorzuges, dass er Sie als *Landsmann* begrüssen darf, mehr noch, dass er weiss, Sie gehören nicht durch Geburt allein, auch durch Gesinnung dem Ostseelande an und sind ihm eng verbunden. Für diese Gunst voll Dank gegen das Geschick, wünscht der Naturforschende Verein, dasselbe möge Sie dem Vaterlande noch lange in ungetrübter Geistesfrische erhalten.

Die Mitglieder des Directoriums:

Buhse.	Dr. Nauck.	M. Gottfriedt.
Seezen.	Ad. Werner.	R. Kersting.
W. Deringer.	G. Schweder.	C. A. Hengel.
C. Frederking.	W. Gutzeit.	

4) Ein Schreiben des Professors Alexander v. Bunge aus Dorpat vom 29. August 1864:

Ew. Excellenz,

Hochverehrtester Herr!

Mein Wunsch, Ihnen an Ihrem heutigen Jubeltage persönlich meine Verehrung zu bezeugen, scheiterte an Verhältnissen, die ich zu beseitigen nicht im Stande war; Ihnen zum heutigen Tage brieflich meine Glückwünsche darzubringen wagte ich nicht, da ich mich dazu nicht für berechtigt genug halte; so bescheide ich mich denn, wenn auch nur in geschäftlicher Veranlassung, doch wenigstens *heute* noch wenige Zeilen an Sie zu richten.

Indem ich es mir daher versage meinen Gefühlen in Veranlassung des herrlichen Festes, das Sie heute begehen, irgend Ausdruck zu geben, berichte ich Ihnen ganz einfach, dass ich Ihr verehrtes Schreiben vom 29. dieses — vorgestern erhalten habe.

Genehmigen Sie, hochverehrter Jubilar, die Versicherung der vollkommensten Hingebung

Ihres

Al. Bunge.

5) Das Schreiben des Professors Alexander v. Nordmann aus Helsingfors vom 6. September (25. August) 1864:

Verehrtester alter Gönner und theuerster Herr,

Confrère im Institut de France!

Es ist mir bekannt und S. hohe Excellenz, der Präsident der Akademie der Wissenschaften in St. Petersburg, Herr Admiral von Lütke, hat mir gütigst geschrieben, dass Sie, celebrer Gründer der Entwickelungsgeschichte der Thiere, wie auch alle Ihre dankbaren Schüler am 10. Sept. (29. August Ihr 50jähriges Doctorjubiläum (!) feiern werden! Indem auch ich, welchem Sie stets freundlichst gewogen gewesen sind, an diesem Feste die grösste Theilnahme empfinde, bitte ich Sie um die Erlaubniss Ihnen meine Abhandlung «Neue Beiträge zur Kenntniss der parasitischen Copepoden» widmen zu dürfen.

Das erste Heft des Opusculum ist fertig und wird mit der nächsten Post an Dr. Renard in Moskau geschickt werden. Bleiben Sie noch lange gesund und behalten Sie in freundlichem Andenken

Ihren alten Verehrer

Alexander Nordmann.

6) Ein Schreiben von Dr. Gustav Radde aus Kodachora bei Tiflis vom 11. (23.) August 1864 mit den herzlichsten Glückwünschen.

7) Ein Schreiben des Capitains Ulskij aus dem Fort Alexandrowskij vom 6. August:

Ваше Превосходительство

Карлъ Максимовичъ!

Недавно съ пріѣздомъ сюда Г. Гёбеля я узналъ, что 29го Августа будутъ праздновать Вашъ 50^ти^-лѣтній юбилей; а потому спѣшу принести мое искреннее поздравленіе Вашему Превосходительству и пожелать Вамъ отъ всей души счастія, и тѣхъ благъ, которыми только можетъ пользоваться человѣкъ на землѣ.

Можетъ быть Вамъ пріятно будетъ, я передалъ Гёбелю для доставленія къ Вамъ отрытыя въ землѣ въ самомъ фортѣ нѣсколько кремневыхъ ножей древняго человѣка.

Гёбель какъ геологъ много нашелъ здѣсь любопытнаго, я ему далъ средство съѣздить верстъ за 100 отъ форта къ мѣсторожденію каменнаго угля и онъ въ восторгѣ отъ этой поѣздки принесъ много интересныхъ вещей.

Гёбель по пріѣздѣ своемъ въ фортъ передалъ мнѣ отъ Васъ поклонъ. Благодарю искренно за Ваше ко мнѣ вниманіе и память. Мы всегда вспоминаемъ съ особеннымъ удовольствіемъ время пребыванія Вашего у насъ, и никогда не забудемъ тѣхъ пріятныхъ дней, которыя удостоились провести съ Вами.

За тѣмъ съ отличнымъ высокопочтеніемъ и искреннею преданностію имѣю честь быть

Вашего Превосходительства

6 Августа 1864 г.
Фортъ Александровскій

покорнѣйшій слуга

Ираклій Ульскій.

8) Ein Schreiben des Dr. Ucke aus Samara vom 17. August:

Hochgeehrter Herr,

Hochzuverehrende Excellenz!

Der 29. August ist ein denkwürdiger Tag! Fünfzig Jahre ununterbrochener wissenschaftlicher Thätigkeit sind an Ihnen vorübergegangen! Selten wird ein so grosser Zeitraum fruchtreicher Arbeit dem Einzelnen gewährt, und doch ist gerade seine Ausdehnung seine geringste Zierde im Vergleich mit der Art, wie Sie ihn zugebracht und mit den Erfolgen, die Sie erreicht. Die Blicke vieler Hunderte und der Besten, die unsere Zeit kennt, sind auf Sie an diesem Tage gerichtet. Jeder eilt Ihnen seinen freudevollen Glückwunsch darzubringen und sendet wo möglich irgend ein Zeichen seiner Theilnahme oder auch ein Product seiner Geistesarbeit. Letzteres ist mir leider jetzt nicht vergönnt, aber empfangen Sie meinen innigsten Glückwunsch zu diesem jubelvollen Tage: um aber nicht mit ganz leeren Händen zu kommen, nehme ich mir die Freiheit Ihnen hiebei ein steinernes Denkmal uralter Arbeit zu senden. Dem begeisterten Beförderer der Geschichte der Natur und des Geistes scheint mir gerade diese flache Schüssel aus permischem Sandstein gerade recht, denn sie gehört in das Bereich der Interessen, die Sie täglich bewegen, und wird Ihre Aufmerksamkeit fesseln. Sie wurde hier in diesem Frühling beim Baumpflanzen $1^3/_4$ Arschin tief in sandigem Boden gefunden, am Rande der Ebene, auf der die Stadt liegt, und wo sie zur Wolga sich zu neigen beginnt.

Mit dem Ausdrucke meiner tiefsten Hochachtung habe ich die Ehre zu sein

Ew. Excellenz

ganz ergebener

Dr. Ucke.

9) Ein Schreiben des Staatsraths Dr. Renard aus Moskau vom 22. August 1864:

Excellenz!

Nun erlauben Sie mir noch persönlich, Ihnen zu Ihrem heutigen Jubeltage meine tiefgefühlten, herzlichen Glückwünsche darzubringen. Möge dieser Sie hoch ehrende Tag, zu dem sich aus allen Zonen der Erde Ihre Verehrer wenigstens schriftlich vereinigen, Ihnen die Ueberzeugung der hohen Achtung der ganzen gelehrten Welt und der Anerkennung Ihrer so mannigfaltigen und so wichtigen Entdeckungen, Beobachtungen und Forschungen geben und wie Alle erfreut sind, Sie an diesem Ihrem Jubeltage, wenn auch nur aus der Ferne zu begrüssen.

Möge der Himmel Ihnen noch recht viele, viele der Wissenschaft und Ihren Freunden gewidmete Tage vergönnen! — Dies ist der innigste Wunsch des

Euer Excellenz

Moskau d. 22. August 1864.

ganz ergebensten und verehrendsten

Dr. Renard.

Leider hindert mich ein Unwohlsein an dem Selbstbegrüssen in Petersburg, wie es anfänglich mein Vorsatz war, — doch hoffe ich recht bald das Vergnügen zu haben, Euer Excellenz in Petersburg zu sehen.

10) Ein Schreiben des Herrn Fried. Löwe aus Tübingen vom 5. September 1864:

Hochverehrter Herr Geheimrath!

Wenn Ew. Excellenz auch unter den vielen und bedeutenden Beglückwünschungen zum 29. August (10. September), die bei Ihnen einlaufen werden, die meinige nicht vermisst haben würden, so darf ich doch vielleicht hoffen, dass Ihnen ein Wort lebhafter Theilnahme auch von mir nicht unwillkommen sein wird. Das eigene Bewusstsein von dem, was Ew. Excellenz während eines halben Jahrhunderts für die Wissenschaft im Allgemeinen und für die wissenschaftliche Erforschung Russlands im Besonderen geleistet haben, muss Ihnen beim Rückblick auf eine so lange und ruhmvolle Laufbahn ein erhebendes sein, aber freilich wird ein solches Bewusstsein zum heitersten Gefühl, wenn schon die Mitwelt ihren Dank und ihre Kränze spendet, was ja ohne allen Zweifel in vollem Maasse geschehen wird — und so will *ich* mir nur erlauben Sie zu bitten, dass Sie an meiner aufrichtigen Sympathie mit allem Guten und Schönen, was Ihnen an Ihrem Ehrentage zu Theil wird, nicht zweifeln mögen. Ich freue mich innig, dass es Ihnen beschieden war, diesen Tag zu erleben und bin zufrieden, wenn Sie diesen Ausdruck meiner Gesinnung gütig und wohlwollend aufnehmen.

Ich erlaube mir mit dem Wunsche zu schliessen, dass Ew. Excellenz auf eine Sammlung Ihrer zerstreuten Aufsätze Bedacht nehmen möchte. Der kritische Geist, der alle Ihre Arbeiten durchweht, die Art und Weise, wie Sie ein Thema behandeln, kann nicht anders als fruchtbar werden für wahres Denken und Wissen. Und Sie werden gewiss nicht widersprechen, wenn ich vom *Wissen* für die Zukunft vindicire: In hoc signo vincemus!

Mit wahrer Verehrung empfiehlt sich Ihrem gütigen Andenken ganz ergebenst

F. Löwe.

11) Ein Schreiben des Senators Dr. E. von Heyden aus Frankfurt am Main den 3. September 1864.

Hochgeehrter Herr!

Bei Anlass Ihres 50jährigen Doctor-Jubiläums wollte auch ich nicht versäumen, Ihnen meinen aufrichtigsten Glückwunsch darzubringen. Ihre so wichtigen, umfassenden Leistungen in der Wissenschaft stehen so hoch und haben in dem langen Zeitraume Ihres Wirkens so allgemeine Anerkennung gefunden, dass ich darüber nichts zu sagen brauche und nur den Wunsch ausdrücke, der liebe Gott möge Sie noch recht lange bei guter Gesundheit erhalten.

Wir werden wohl so ziemlich in gleichem Alter stehen, da ich im vorigen Jahre das 50jährige Jubiläum meines Ausmarsches nach Frankreich als damaliger freiwilliger Jäger begangen habe.

Auch wir sind nun schon seit langen Jahren, besonders von den Versammlungen der deutschen Naturforscher und Aerzte her, in freundschaftlicher Bekanntschaft und will ich noch anführen, dass ich, nebst Carus in Dresden und Purkinje in Prag, wohl noch die einzigen noch lebenden Stifter dieser Versammlung sind.

Mein Neffe, der General Alexander von Manderstjerna, wird die Ehre haben, Ihnen dieses Schreiben zu überreichen und unterzeichne ich hochachtungsvoll und freundlichst als

Ihr ergebenster

Frankfurt a. M.
den 8. September 1864.

Dr. E. von Heyden.
Senator

12) Ein Schreiben von Dr. Stiebel senior ebendaher:

Man kann es wohl eine Jubelfeier nennen, wie für den Geehrten so für Alle, wenn ein Mann nach funfzigjähriger Thätigkeit in gleicher Kraft und gleicher Gesinnung dasteht, wie in der Jugend.

Möge der Nachwuchs sich an Ihnen erheben, nicht allein durch Anerkennung Ihrer treuen Forschung und der Ergebnisse, mit denen die Wissenschaft Ihr Leben geschmückt hat, sondern mehr noch an der edlen Liebe, welche den Trieb dazu wach erhielt und in ihrer Reinheit die Frische des Geistes festgehalten.

Das Bewusstsein der Wahrheit dieses Ausspruches möge Ihrem Gefühle der schönste Schmuck des Tages sein.

Und so reicht der Alte dem Alten aus der Ferne die Hand und will jubelnd den Tag begrüssen

Dr. Stiebel senior.

Frankfurt am Main.

13) Ein Schreiben von Dr. G. Lucae aus Frankfurt am Main:

Hochverehrter Herr!

Wenn unter der Zahl der am 29. August 1864 zu der Newa Wallfahrenden auch der Unterzeichnete sich heran drängt, um Ihnen an diesem Tage Grüsse und Glückwünsche für Ihr ferneres Wohlergehen von den Ufern des Mains zu bringen und die Gefühle innigster Dankbarkeit für — die mächtige Förderung, die die *deutsche Wissenschaft* (und diesen Namen verdient sie ganz besonders durch Ihre Entdeckungen) für alle Gebildete der Erde durch Sie, hochverehrter Mann, erfahren hat — *Namens seiner Landsleute* vor Ihnen auszusprechen, so wird er als alter Bekannter eine freundliche Aufnahme bei Ihnen finden.

Wenn er aber an Ihrem Jubeltage ohne eine Festgabe vor Ihnen erscheint, so hat das leidige Verhängniss oder besser der Eigensinn des Künstlers daran Schuld.

Die anatomische Behandlung eines schönen weiblichen Torsos war hiezu bestimmt, ist aber leider nicht vollendet. Möchten Sie mir erlauben die vollendeten Tafeln doch nachträglich Ihnen übersenden zu können.

Mit den innigsten Wünschen für Ihr Wohlergehen und dass es uns noch lange vergönnt sein möge Sie, hochverehrter Mann, als Bannerträger deutscher Wissenschaft rüstig und gesund zu sehen, so wie mit den herzlichsten Grüssen von meinem braven Weibe und mir

unterzeichnet

hochachtungsvoll

G. Lucae.

Frankfurt a. M.
den 25. August 1864.

14) Ein Schreiben des Professors Dr. Alex. Ecker aus Freiburg im Breisgau:

Hochgeehrter Herr College!

Ich kann es mir nicht versagen, neben der offiziellen Gratulation, die ich als Mitglied unserer Facultät Ihnen abgestattet, auch meine persönlichen Glückwünsche zu Ihrem bevorstehenden 50jährigen Doctorjubiläum darzubringen. Ich hatte gehofft,

Ihnen an diesem Tage die 2. Abtheilung meiner Crania Germ. (Riesengräber u. jez. Bevölkerung enthaltend) als Festgeschenk überreichen zu können: leider liess sich aber die Vollendung bis zu diesem Zeitpunkt nicht bewerkstelligen. Nehmen Sie bei diesem Anlass meinen innigen Dank hin für die viele Belehrung, die ich Ihnen verdanke und die besten Wünsche für Ihr Wohlergehen und genehmigen Sie die Versicherung der wahrsten Hochachtung

Ihres ergebenen

Freiburg i. B.
den 8. September 1864.

Dr. Alex. Ecker, Prof.

15) Ein Schreiben von Leopold Voss aus Leipzig:

Hochverehrter Freund und Gönner!

Der nahe Festtag, welchen zu erleben Sie Gott begnadigt hat, erregt natürlich die innigste und freudigste Theilnahme ebenso Ihrer persönlichen Freunde und Verehrer wie aller Männer der Wissenschaft, welche in Ihnen den grössten Naturforscher der Gegenwart bewundern.

Unter den Ersten nehme ich sicher eine der ersten Stellen ein: und wie könnte dies auch anders sein, da Sie mich länger als 37 Jahre durch Ihre Freundschaft beglücken! Dabei ist mir Ihr Sonntagsbesuch 1831 in Möckern in frischer Erinnerung, wo Sie gesprächsweise mich aufmunterten im folgenden Jahre nach Petersburg zu gehen und Ihrer Kaiserl. Akademie meine Dienste anzubieten. — Seitdem hat mich Ihr ununterbrochenes Wohlwollen und Ihre Zufriedenheit in diesen ehrenvollen Diensten auch dann belohnt, wenn sie, wie in den letzten Jahren durch die Valutaverhältnisse sehr schwer sind. Empfangen Sie daher mit gewohnter Güte meine und meiner Familie herzlichsten Glückwünsche zu Ihrem Ehrentage, dass der gütige Gott Sie noch lange erhalte und schenken Sie, wie ich innigst bitte, noch meiner Spanne Lebenszeit Ihre hochschätzbare Freundschaft

Ihrem ganz ergebensten Diener

Leipzig d. 6. Sept. 1864.

Leopold Voss.

16) Ein Schreiben des Dr. Häntzsche aus Dresden:

Excellenz!

In der Hoffnung, dass Sie sich des teutschen Arztes noch erinnern, der Sie vor beiläufig neun Jahren in Rescht in Behandlung hatte, bitte ich Sie, meine einfachen aber aufrichtigen Glückwünsche zu der Feier Ihres Jubiläums (dessen Datum ich leider nicht ganz genau erfahren konnte) und die Versicherung meiner unbegrenzten Hochachtung genehmigen zu wollen.

Die Tage, welche Sie mit Ihren Begleitern in Rescht zubrachten, waren mir interessante Lichtpuncte in der trostlosen wissenschaftlichen Oede und Dunkelheit, in welcher ich mich damals dort befand, und sie bleiben mir immer in der lebhaftesten angenehmsten Erinnerung.

Mit dem Wunsche, dass es mir vergönnt sein möge, Sie hier einmal wiederzusehen, habe ich die Ehre zu sein

Ew. Excellenz

Dresden
den 10. September 1864.

gehorsamster und ergebenster
Julius Cäsar Häntzsche.
Dr. med. et philos.

17) Ein Schreiben vom Geheimen Regierungsrath Prof. H. Abegg aus Breslau:

Hochverehrter Herr Staats Rath!

An dem Tage, wo es Ihnen durch Gottes Gnade vergönnt ist, in frischer Kraft und mit dem lohnenden Gefühl sich unausgesetzt bewährender erfolgreicher Thätigkeit zurückzublicken auf ein halbes Jahrhundert treuen und hochverdienstlichen Wirkens im Gebiete der Wissenschaft und jegliches Guten, werden Ihnen Glückwünsche, Ausdrücke der gebührenden Anerkennung und was diese und die hohe Verehrung darzubringen vermag, von so vielen zu deren Würdigung näher Berufenen gewidmet werden, dass ich billig mich bescheide, von meinem Standpunct aus zurückbleiben zu müssen. Ich könnte mich mit dem Bewusstsein begnügen, an Ihrer Freude und Ehre treu Theil zu nehmen, auch wenn Sie kein Zeichen von mir erhielten. Aber ich weiss, dass Ihre Liebenswürdigkeit und Nachsicht es mir gestattet mich dem Kreise Ihrer aufrichtigen Verehrer, wenn auch mit dem bescheidensten Plätzchen anzuschliessen. Sie werden von dem einstigen Königsberger Collegen, den Sie, als er seine Erstlingsversuche im Lehramte machte, so gütig und wohlwollend aufgenommen, von dem Mitgliede unseres «Kränzchens», von dem — ich darf es sagen — Ihnen stets treugesinnten Freunde, der mit aufrichtiger Theilnahme Ihren Lebensgang begleitet, einen Gruss und Glückwunsch nicht verschmähen.

Gott erhalte Sie den Ihrigen, den Freunden der Wissenschaft und dem Vaterlande! Möge neben vielfachen sonstigen inneren und äusseren Befriedigungen auch das Bewusstsein Ihnen lohnend sein, dass Sie sich Freunde, auch ausserhalb des Gebiets der besondern Studien erworben und erhalten haben. Zu diesen bitte ich zu rechnen

Ew. Excellenz

Breslau den 18. August 1864.

innig ergebensten

H. Abegg.

18) Ein Schreiben vom Breslauer Professor Ferd. Cohn aus Helgoland vom 7. Sept. 1864:

Hochgeehrter Herr!

Zu dem Chor der Glückwünschenden, die zu Ihrer bevorstehenden Jubelfeier von allen Enden der Welt sich Ihnen nahen, möge auch meine Stimme von diesem einsamen Punkte sich gesellen. Wenn es das Zeichen eines bedeutenden Mannes ist, dass der Verkehr mit ihm, wenn auch noch so kurz, doch unvergesslichen Eindruck zurücklässt, so kann ich von den wenigen Stunden, die mir vergönnt waren, mit Ihnen persönlich zusammen zu sein, sagen, dass sie mir zu den werthesten Erinnerungen gehören. Wenn ich hier in eigenen entwicklungsgeschichtlichen Studien beschäftigt, oder mit einem jungen, höchst talentvollen und strebenden Russen Elias Mecznikow verkehrend, dessen inhaltreiche Untersuchungen über die hiesige Meeresfauna verfolge, so tritt uns unwillkührlich der Name des Mannes vor die Seele, der durch seine bahnbrechenden Arbeiten über Entwicklungsgeschichte auch für unsere epigonischen Studien die Anregung gegeben. Möge Ihnen noch ein langer und heiterer Lebens-Abend beschieden sein, mit ungetrübter Frische des Geistes und des Leibes, dass Sie sich an den Früchten erfreuen mögen, zu denen Sie selbst in dem verflossenen halben Jahrhundert mit unermüdeter Kraft bis in den heutigen Tag den Samen gestreut. Mögen Sie auch in Zukunft mit freundlichem Wohlwollen eines Ihres Verehrer gedenken, der Ihnen von einer entlegenen Insel seine herzlichsten Glückwünsche heute zusendet.

Ferdinand Cohn.

19) Ein Schreiben von Professor Dr. Teichmann aus Krakau:

Hochverehrter Herr Staatsrath!

Wenn ich zur Feder greife um einige Zeilen an Sie zu richten, so glaube ich hiemit nur eine heilige Pflicht unserem verdienstvollen Nestor unter den Naturforschern gegenüber, am Tage seines 50jährigen Jubiläums, welches wir in diesen Tagen zu feiern das Glück haben, zu erfüllen.

Gestatten Sie mir also bei dieser Gelegenheit Ihnen meine herzlichsten Gratulationen darzubringen und Ihnen meinen innigsten Wunsch dahin auszusprechen, dass der Allmächtige Sie uns noch eine lange Reihe von Jahren erhalten, und Ihnen den vollsten Besitz Ihrer Kraft zur Ausführung aller Ihrer Handlungen und ferneren Forschungen verleihen möge.

Indem ich Sie, hochverehrter Herr Staatsrath, bitte von der Aufrichtigkeit obiger Wünsche versichert zu sein, verbleibe ich mit der allergrössten Hochachtung und Verehrung

Ihr stets ergebener

Krakau den 7. September 1864.

Dr. L. Teichmann.

20) Ein Schreiben dreier Universitätsfreunde in Riga, nämlich der beiden Bürgermeister Schwartz und C. Gross und des Collegienraths Dr. Mercklin:

Verehrter,

Theurer alter Freund und Bruder!

Welch' beglückender Tag der 29. August 1864! Er beginnt mit anerkennendster Theilnahme aus unzähligen Kreisen, aus Städten und Ländern, er beginnt mit Freude und Dank für das Walten von Oben, dass nach fünfzigjährigem Wirken und Schaffen, als leuchtendes Vorbild im hohen Beruf, *Du*, *theurer Jubilar!* solche Theilnahme mit Herzensfreudigkeit und Seelenfrische in Dir aufzunehmen vermagst, und wohl dürfte zum erhebenden eigenen Rückblick auf ein, der Wissenschaft und dem Wohl der Mit- und Nachwelt geweihtes *halbes Jahrhundert*, der Erstern so ungetheilte Freude als ein freundlicher Gefährte auch für kommende Tage sich hinzugesellen.

Nun aber, so hoffen wir, wird's Dich, *Du* theurer Jubilar! wie immer auch die Lebenswege aus einander gegangen, nicht befremden, wenn auch die unterzeichnete bemooste Trias aus Riga, die gleich dem Jubilar einst der Alma mater Dorpats angehört, in diesen schlichten Worten sich an die allgemeine Bewegung des Tages anzuschliessen sich gedrungen fühlt mit dem herzinnigen Wunsche, dass noch recht lang für Dein ferneres Wirken und Schaffen der Herr *Dir* Wohlsein und Frische erhalten möge, sich freundlichem Gedenken empfehlend

Riga den 29. August 1864. J. C. Schwartz. Mercklin. C. Gross.

Nachträglich gingen noch ein aus Astrachan sehr gelungene Photographieen von vielen Ansichten der Stadt und einzelnen Personen des kalmükischen und kirgisischen Volkes, welche von Herrn Wischnewski, der sie angefertigt hatte, dargebracht wurden.

Vor dem Feste, aber mit Bezug auf dasselbe, war von Giustiniano Nicolucci in Neapel ein Schreiben eingelaufen nebst folgender aus dem zweiten Bande der Atti della R. Accademia delle scienze fisiche e matematiche abgedruckten Abhandlung: La stirpe Ligure in Italia ne' tempi antichi e nei moderni. Per Giustiniano Nicolucci. Napoli 1864.

An dem Abende des Jubeltages hatte sich im Hotel Demuth eine etwa anderthalbhundert Köpfe zählende Gesellschaft zum Festmahl versammelt. Unter den verschiedenen Verehrern des Jubilars befanden sich die ausgezeichnetsten Personen aus dem Gelehrtenstande sowie auch aus anderen hervorragenden Sphären. Gegen halb sechs Uhr wurde der Jubilar von dem Präsidenten der Akademie, General-Adjutanten v. Lütke, in den Saal geführt, und unter den Klängen einer vorzüglich ausgeführten Ouverture setzten sich die Festgenossen zur Tafel. Als es zu den Toasten kam, galt das erste Hoch nach löblicher Sitte Sr. Majestät dem geliebten Monarchen. Er wurde von Admiral v. Lütke ausgebracht und eröffnete so in würdigster Weise die lange Reihe der Toaste, die darauf folgten. Unter diesen stand obenan der Toast, welchen Admiral von Lütke in kurzen aber beredten Worten auf die Gesundheit des Jubilars ausbrachte. Als Antwort folgten zwei Toaste des Jubilars. Der erste galt dem Herrn Minister der Volksaufklärung, Golownin, und berührte dessen verdienstvolle Bemühungen zur Hebung des Unterrichts im Vaterlande, der zweite dem Herrn Admiral v. Lütke, als Präsidenten der Akademie der Wissenschaften und Vice-Präsidenten der Russischen Geographischen Gesellschaft.

Hieran schloss sich eine lange Reihe von Toasten und Reden, welche nur zum Theil schriftlich aufgezeichnet werden konnten.

Professor Adolph Eduard Grube knüpfte an die Naturwissenschaften an und leitete aus der Beschäftigung mit denselben eine besondere Hinneigung der Naturforscher zum Familienleben ab. Ein Hoch auf die Familie des Jubilars folgte dieser humoristischen Einleitung.

Akademiker A. Th. v. Middendorff sprach dann folgende Worte:

«Eitle Vermessenheit wäre es, inmitten des Festmahles, binnen flüchtiger Minuten Einsicht bieten zu wollen *in das was* ein rastlos forschender Geist, tagtäglich in ruhelosem Streben, durch schlaflose Nächte hindurch in erschöpfender Arbeit während eines halben Jahrhunderts errungen;

in das was er hier mit dem Mikroskope, mit dem anatomischen Messer bewaffnet, am Brütapparate brütend, aus Tausenden von Untersuchungen, über das erste Werden, über Bildung und Verbildung des Menschen und der Thiere gelehrt, neue Wege des Wissens eröffnend; was er, den messenden Zirkel in Händen, am Schädel der Menschenrassen erwiesen;

in das was er am Wanderstabe im Eise hochnordischer Wüsteneien, im Staube südlicher Steppen, in den Tropfen südlicher und nordischer Meere erspäht;

in das was er aus dem Wuste bestaubter Urkunden menschlichen Wissens hervorgegrübelt, gesichtet, und mit dem Blicke des Sehers erkannt als Gesetze der Verbreitung und des Unterganges organischer Wesen, als Gesetze des Laufes der Flüsse, als Gesetze des Ganges der Temperatur;

das Alles, und was er auf hundert anderen Feldern des Wissens gelehrt, *hier* erst kennen lernen zu wollen, wäre vermessener Frevel!

Doch bevor wir diesen schäumenden Opfern uns zu eigen geben, mag es wohl ziemen, eingedenk zu sein dessen was uns hier zusammengeführt.

Eine herrschende Ansicht lässt den Menschen voll Schlechtigkeit und dem Bösen verfallen in die Welt treten. — Das lässt sich bestreiten. Unbestreitbar jedoch ist die Thatsache, dass der Mensch, dass die Menschheit im Dunkel thierischer Unwissenheit in die Welt gesetzt worden: aber entwickelungsfähig, und mit der angeborenen Kraft, sich *selbst* emporzuarbeiten zu geistiger Höhe.

Unser ganzes menschliches Treiben, all' das Sorgen, Streben, Ringen, Jagen und Wetten, alle unsere Freuden und Leiden, unsere Illusionen, all' das namenlose Weh' das auf Erden wimmelt — sind Spielbälle der Vergänglichkeit irdischen Treibens; sogar all' die heroischen Thaten, welche die Völkergeschichte in ihre Tafeln einträgt, wenn in grausigen Schlachten Tausende und aber Tausende von Menschenleben geopfert werden, um Völker in Fesseln zu schlagen, um Völkern die himmlische Freiheit zu erringen; sogar die erhabenen Machtworte des Friedens, welche Millionen Geknechteter zu Menschen stempeln; sogar die Erdbeben der Völkergeschichte, wenn Thronen wanken, Staaten untergehen, neue erstehen, ganze Völkerschaften vom Erdboden verschwinden — — alle diese Erschütterungen des Firnisses unseres grossen — nein, inmitten unzählbarer anderer mindestens gleichberechtigter Welten — unseres nur winzigen Erdballes, sinken unter dem Drucke der dahin sich wälzenden Jahrhunderte, Jahrtausende, immer kleiner und kleiner werdend, immer tiefer in das Meer der Vergessenheit.

In dieser Vergänglichkeit alles menschlichen Treibens steht nur Eines fest, wächst nur Eines immer höher und hehrer heran — das ist die göttliche Leuchte des Wissens, die Flamme der Aufklärung des Menschengeschlechtes.

Langsam aber unfehlbar, immer vorschreitend, immer wachsend, leuchtet sie sogar in die Finsterniss der Massen tiefer und tiefer hinein. Das Wissen und Erkennen der Bevorzugteren unter den Sterblichen züngelt an dieser Flamme voran in die Höhe, aber nur seltenen erkorenen Geistesfunken ist es verliehen, emporsprühend, dieser Flamme den Weg zu weisen, himmelan; den Menschen von thierischem Unverstande zu erlösen.

Darum Heil, dreifach Heil diesen Himmelssöhnen, diesen Funken des Geistes, die Keiner der Mächtigsten der Erde zu bewältigen, oder zu verleihen, zu entflammen vermag!

Und darum, meine Herren, nochmals und nochmals ein donnernd Hoch *unserem* Baer!

Geheimrath Dr. Carl Rosenberger, Chef des Medicinal-Departements der Marine, sprach im Namen der versammelten Aerzte folgende Worte:

Hochverehrter Jubilar! Wir feiern Ihr 50-jähriges Doctorat der *Medicin* und wohl mag es einem der hier so zahlreich vertretenen Aerzte ziemen, ein Wort des Dankes den hohen Verdiensten zu zollen, die Sie sich als Arzt, als Lehrer der Medicin, als medicinischer Schriftsteller erworben. Ihr Erstlingswerk, Ihre medicinische Dissertation über die endemischen Krankheiten der Landbewohner Ehstlands, war als

Resultat eigner Beobachtung und Forschung in seiner Sphäre fast eben so bedeutend, wie die einige Jahre später in Königsberg erschienene herrliche Anthropologie, die noch jetzt, nach mehr als 40 Jahren ihres Erscheinens, Niemand ohne die grösseste Befriedigung und Genugthuung in die Hand nimmt und doch waren diese Arbeiten nur kleine Anfänge und Anklänge dessen, was bald darauf der medicinischen Welt durch Ihren Genius enthüllt werden sollte. Denn es war vor allem die Entwickelungsgeschichte, *Ihre* Tochter, die in den 20er Jahren so bahnbrechend und umgestaltend, zunächst auf die Physiologie und dann durch diese auf die jetzige Gestaltung der gesammten Medicin zurückwirkte, dieser Medicin, aus der einst die Naturwissenschaften selbst hervorgingen. Wir rechnen es uns zur grössten Ehre, dass in diesen stolzen, längst von der Medicin emancipirten Gebieten der Naturwissenschaft, ein Arzt, ein Mediciner, wie Sie es waren, solche hohe Stellung errang, ein Gestirn von so strahlender Grösse wurde! Und könnte ich es vergessen, wie sie noch in neuester Zeit, in jener denkwürdigen Rede, bei Eröffnung der entomologischen Gesellschaft, mit den stärksten Waffen ihres Geistes den crassen Materialismus bekämpften, welchem die modernen Naturforscher und auch ein grosser Theil namentlich der jüngeren Aerzte mehr als billig ist, huldigen?

Denn wahrlich, wenn auch das Wechselverhältniss zwischen Stoff und Kraft, oder dass ich mich bestimmter ausdrücke, zwischen Körper und Geist dem Menschen in seiner irdischen Organisation ein ewiges Geheimniss bleiben muss, welches auch die kommenden Jahrtausende nie lösen werden, so wissen wir doch Eines, wir wissen, dass überall, besonders aber da, wo eine unendliche Reihe von Naturerzeugnissen von jenem vorübergehenden, aber göttlichen Hauche beseelt wird, den wir das Leben nennen, — die Materie gezwungen ist, sich nach ewigen Ideen zu bilden, zu ordnen und zu formen; Ideen aber sind Attribute, sind Schöpfungen des Geistes und die ewigen Ideen des ewigen.

Haben Sie nicht endlich selbst, verehrter Jubilar, durch Ihren noch jetzt in kräftigster Mannesfrische beharrenden Geist den sprechendsten, den evidentesten Beweis von der Superiorität des Geistes über den Körper geliefert?

Ihnen dankend für die Erneuerung dieser Wahrheiten, wünschen wir versammelte Aerzte Ihnen Glück zu diesem ruhmvollen Tage, dem bei gleicher Geistesfrische noch viele, viele folgen mögen.

Dr. Eugen Pelikan, Direktor des Medicinal-Departements des Ministeriums des Innern, hielt folgende Rede, in welcher er die Bedeutung der embryologischen Arbeiten des Jubilars für das praktische Leben hervorhob:

Милостивые Государи!

Сегодняшній праздникъ, столько знаменательный для ученаго міра, есть вмѣстѣ съ тѣмъ истинный праздникъ для всего врачебнаго сословія. Медицинскій Совѣтъ нашъ имѣетъ отнынѣ право гордиться, украсивъ себя именемъ Бэра, какъ *перваго своего почетнаго члена*. Вмѣстѣ съ Медицинскимъ Совѣтомъ и другіе ученые и практическіе врачи наши, принявъ живѣйшее участіе въ празднованіи пятидесятилѣтія научной дѣятельности маститаго Академика, соединились сегодня въ одну семью для поднесенія ему поздравленія съ этимъ днемъ и для выраженія своего глубокаго сочувствія и благодарности.

Но мы, преимущественно практическіе врачи явились на этотъ роскошный пиръ не какъ на обычный юбилей одного изъ корифеевъ нашей науки, изобрѣтателя какого либо метода леченія или творца новой медицинской школы, новаго ученія, обыкновенно, по естественному порядку вещей, смѣняющагося другимъ чрезъ извѣстное время. Нѣтъ ММ. Гг., мы собрались здѣсь вмѣстѣ съ представителями различныхъ наукъ, чтобы отпраздновать этотъ достопамятный день, имѣющій особенное, торжественное значеніе для наукъ естественныхъ. Для насъ этотъ день дорогъ еще потому, что настоящее поколѣніе врачей твердо убѣждено въ томъ, что лишь естественныя науки могутъ составлять прочное основаніе раціональной медицины. Въ этомъ отношеніи первое мѣсто, безъ сомнѣнія, занимаютъ анатомія и физіологія человѣка. — Отыскивать въ бренныхъ остаткахъ человѣческаго тѣла познанія объ устройствѣ и отчасти отправленіи отдѣльныхъ его органовъ и системъ — есть, конечно, огромная заслуга анатомовъ; но найти въ этихъ же остаткахъ — начало жизни, прослѣдить его первоначальное образованіе и дальнѣйшее развитіе — это такая заслуга передъ наукой, которая составляя вѣковое, дѣлающее эпоху открытіе, ставитъ виновника онаго на высшую ступень въ ряду величайшихъ дѣятелей нашего времени. Счастливъ тотъ смертный, которому еще при жизни и полному жизни, окруженному друзьями и почитателями, выпала на долю неизгладимая страница въ исторіи умственной дѣятельности.

Съ практической точки зрѣнія это открытіе принесло самые обильные плоды не только для раціональной медицины, но и для той отрасли врачебной науки, которая занимается разрѣшеніемъ труднѣйшихъ вопросовъ судебной практики. Преимущественно патологія съ патологической анатоміей, акушерство, судебная медицина обязаны во многомъ, современнымъ состояніемъ своимъ, эмбріологическимъ работамъ нашего достопочтеннаго юбиляра. И сколько, по этому, должно быть обязано человѣчество тому врачу, который безъ рецепта, безъ ножа или другаго инструмента въ рукахъ, доставилъ средства тысячамъ практическихъ врачей распознавать или правильнѣе опредѣлять ненормальныя состоянія организма; иногда беременную женщину спасти отъ угрожающей ей опасности при родахъ, или невинную спасти отъ наказанія и позора, вслѣдствіе неправильнаго обвиненія въ изгнаніи плода.....

Послѣдній примѣръ показываетъ, ММ. Гг., какъ далеко простирается вліяніе эмбріологическихъ работъ юбиляра въ практической жизни (что еще полнѣе можетъ быть оцѣнено обществомъ, при предстоящей у насъ судебной реформѣ), какъ вообще плодотворны труды его и важны заслуги для пользы всего человѣчества!

Позвольте же, ММ. Гг., во имя любви къ человѣчеству и отъ лица всѣхъ служащихъ ему, соболѣзнующихъ его нуждамъ и призванныхъ облегчать его страданія, предложить еще разъ тостъ за здоровье нашего юбиляра!

Herr Peter v. Semenow, Director des statistischen Centralcomités, würdigte die socialen Verdienste des Jubilars in folgenden Worten:

Послѣ всего, что было здѣсь высказано учеными собратіями Карла Максимовича, я бы не рѣшился поднять своего голоса, еслибъ не чувствовалъ, что Общество, посвятившее всю свою дѣятельность изученію обширной русской земли, обязано самымъ горячимъ привѣтомъ Карлу Максимовичу, который отдалъ этому Обществу, какъ въ его средѣ, такъ и во главѣ предпринимаемыхъ имъ экспедицій, нѣсколько изъ лучшихъ и самыхъ производительныхъ лѣтъ своей жизни.

Я не буду распространяться о томъ, что сдѣлалъ Карлъ Максимовичъ для землевѣдѣнія Россіи; научныя его заслуги на этомъ полѣ, начиная отъ путешествія его на Новую Землю до послѣднихъ Каспійской и Азовской экспедицій, слишкомъ хорошо извѣстны всѣмъ намъ, и перейдутъ въ потомство, вмѣстѣ съ его безсмертнымъ именемъ; но я считаю долгомъ остановиться на тѣхъ, такъ сказать общественныхъ заслугахъ Карла Максимовича, которыя, мнѣ кажется, не были еще достаточно тронуты сегодня. Я хочу напомнить о томъ, что вездѣ, гдѣ только въ нашей столицѣ собирался кружокъ людей съ цѣлью безкорыстнаго служенія наукѣ, тамъ Карлъ Максимовичъ былъ посреди этого кружка и, чуждый всякаго корпоративнаго духа, имѣя въ виду только одни человѣческіе интересы, онъ, съ простотою своей великой души, являлся старшимъ собратомъ даже неопытныхъ еще научныхъ дѣятелей, и служилъ имъ путеводною звѣздою. Въ сознаніи, что наука можетъ пустить глубокіе корни въ молодой еще общественной средѣ только тогда, когда она вызываетъ самодѣятельность этой среды, Карлъ Максимовичъ являлся учредителемъ или предсѣдателемъ юныхъ ученыхъ обществъ и служилъ связью между этими свободными группами еще возникающихъ научныхъ дѣятелей и старѣйшимъ и знаменитѣйшимъ нашимъ ученымъ учрежденіемъ.

Такимъ образомъ Карлъ Максимовичъ всѣмъ намъ подалъ высокій примѣръ того единства, того трогательнаго братства, которое должно соединять дѣятелей науки, къ какимъ бы корпораціямъ они ни принадлежали, какъ различны ни были даже ихъ производительныя силы. Съ братскимъ единодушіемъ собрались здѣсь сегодня всѣ, кому только дорога наука на нашей отечественной почвѣ, праздновать юбилей 50-лѣтней дѣятельности нашего *общаго* корифея. Перенесемъ же тоже братское единодушіе и на поприще нашей научной дѣятельности и докажемъ тѣмъ, что духъ Карла Максимовича Бэра никогда не умретъ между нами!

Господа, я предлагаю тостъ за всегдашнее братское единодушіе и согласіе всѣхъ научныхъ дѣятелей нашей обширной *русской* земли!

Hierauf hielt Herr Dr. Carl Frommann, Pastor zu St. Petri, folgende lateinische Rede:

Viri Splendidissimi, Ornatissimi, Doctissimi!

Etsi viri complures iique doctissimi facundissimique ante me variis linguis verba fecerunt: tamen haud absonum mihi esse videtur, virum eruditissimum, cuius sacra semisaecularia post vitam literis dicatam feliciter peracta hoc ipso die solemni laetabundi atque gratulabundi concelebramus, etiam lingua hominum eruditorum h. e. latino sermone, salutare. Quod quum ego officium pro meae facultatis modulo iam suscepturus sim, veniam me spero a vobis impetraturum esse, viri doctissimi, si forte acciderit, ut patientia vestra abutar. Quis est enim, qui Baerium laudando vel sibimet ipsi satisfecerit, vel cito dicendi finem invenerit?

Exordior autem a nomine viri eximii, quem non sine iusta superbia *nostrum* appellamus. De quo nomine liceat mihi meam qualemcunque coniecturam iudicio vestro prudenti subiicere. Floruit enim medio fere saeculo XVI. vir illustrissimus, theologus summe venerabilis doctissimusque, Zacharias Ursinus, Vratislaviensis, postremo professor Heidelbergensis, Catechismi qui dicitur Heidelbergensis, praecipui illius ecclesiae Reformatae libri symbolici, auctor princeps. Jam si morem illa aetate inter viros doctos pervulgatum nomina vernacula latina vel graeca faciendi spectamus, vix dubium esse potest, quin nomen Ursini proficiscatur ab *urso*. Quod si verum est, Baerium nostrum Ursini pronepotem existimare licet, ita quidem, ut non novus sit homo, sed e stirpe oriundus, quae iam dudum in re publica literarum optimo iure civitatem et nobilitatem obtineat. Sed non nomen tantum Baerius cum proavo commune habere mihi videtur, verum etiam gloriam. Sicut enim Ursini apud Reformatos perpetua est memoria, ita Baerii quoque, cuius praecepta et inventa auctoritate nominis eius munita a viris doctis et iam accepta sunt et futuris temporibus haud dubie accipientur, memoriam apud omnes omnium gentium homines, qui literas physicas didicerint, sempiternam fore pro certo habemus.

Verum enimvero Baerium naturae rerum exploratorem celebrare, acumen ingenii mentisque sagacitatem et immensam eruditionis copiam, qua pollet, laudare, eorum, quae invenit, et magnitudinem et vim et gravitatem describere, meum non est, viri doctissimi, propterea quod de his rebus iudicium penes virum theologum non esse arbitror: neque ego, mihi credite, is sum, qui sutoris ultra crepidam sapientis similis esse cupiam. Id tantum verum dicturus esse mihi videor, qua de re unam esse intelligo apud omnes et consentientem vocem, inter omnes omnino quotquot hodie exstant naturae rerum perscrutatores Baerium nostrum qui aequent certe perpaucos tantum, qui superet neminem facile reperiri. Sed tamen in Baerio plures puto esse virtutes, quas me quoque, hominem theologum, laudare haud dedeceat.

Constat enim inter omnes, quanta sit inter theologiam caeterasque disciplinas atque artes humanas, omnium maxime physicas, discordia, quantus antagonismus. Quid mirum? Illa versatur in regione spiritus, in iis, quae divinitus patefacta sunt: hae totae habitant in iis, quae sub sensus cadunt et quae non sunt nisi cogitatione mentis humanae inventa. Unde fit, ut interdum nescio quis homunculus theologus caetera literarum genera omnia, imprimis physica, vituperet atque accuset, quippe quae a veritate divina homines abducant prorsusque aliena sint a fide, quae sola possit salutem humanae genti afferre. Quo ex genere si qui sunt homines obtrectatores, equidem, mihi credite, iis neque umquam adstipulatus sum, neque, ubi Deo placuerit, umquam adstipulabor. Altera ex parte caeteri viri docti, omnium maxime physici, theologiam solent spernere, despicere, irridere, utpote quae in iis elaboret, quae non exstent, quae per leges naturae exstare non posse ipsi cognitum atque compertum habeant, cuius decreta et dogmata mere sint fictitia, nihil aliud quam commenta hominum, ab ipso tempore delenda, a quo genita sint. Tale iudicium Baerius numquam tulit. Nam praeclarus ille vir, cuius eruditio et doctrina latissime patet neque angustis unius disciplinae finibus circumscribitur, sed ad eas quoque scientiae humanae regiones pertinet, quae a proprio studii eius genere procul abesse videntur, probe intellexit, veritatem etsi unam, tamen solis instar innumeros radios in omnia omnino disciplinarum humanarum genera diffundere, ita ut singula genera singulas veritatis quasi particulas sive scintillulas in se habeant, quae planius atque penitius perspici non possint nisi ab iis, qui toti in unoquoque genere habitent, quas cunctas animo comprehendere Deus nemini mortalium largiatur. Nunquam igitur Baerius non cognovit, immo agnovit et publice professus est, praeter res illas, quae per sensuum experientiam et mentis ratiocinationem *intelligi possent*, esse etiam alias, quae per fiduciam animi pectori hominis a natura insitam *credi deberent*. Quod utrumque genus numquam Baerius non concessit certis quibusdam finibus, quibus circumscriberetur, inter se esse disiunctum, quos fines nemini impune superare liceret. Utrumque enim propriam suam habere cognoscendi formam, alterum *scientiam* sive *intellectum*, alterum *fidem*. Qua sententia inductus Baerius numquam praecepta vel decreta caeterarum disciplinarum, quae se per praecepta suae disciplinae neque melius perspicere neque decernere posse probe intelligeret, temere negavit vel repudiavit, sed potius veritatis scintillulis, ubicunque eas inveniret, etiam theologicis, facile mentem et pectus aperuit.

Neque minus Baerius in sua arte quam poterat maxime caute et circumspecte ubique versatus est. Nihil umquam praecepit nisi quod vel magna eaque assidua data opera religiose exploratum vel luculentissimis documentis probatum haberet. Ita vir praeclarus alienus fuit ut a vanitate eorum, qui speciosius quam verius disputare solent, sic a temeritate eorum, qui novissima quaeque verissima esse indicant, et a fastidio eorum, qui se solos in totam veritatem penetrasse iactant. Quid multa? Est in Baerio, id quod virum doctum maxime decorat, summa modestia, summa temperantia; excellit, ut uno verbo dicam, ea sapientiae forma, quam σωφροσύνην Graeci vocant, quam hisce nostris novissimis temporibus sensim rariorem evadere vehementer est dolendum.

Qua sua indole Baerius concordiae vinculum, quo omnia literarum genera inter se coniuncta esse debent, numquam dissolvit, numquam violavit, verum potius sustentavit, coluit, adstrinxit. Qua re id assecutus est, ut non tantum ii, qui idem cum ipso studii genus sequuntur, sed etiam omnes omnis generis viri docti, adeo omnes homines cordati, summa eum ac sincera caritate et veneratione prosequantur.

Hicce talis vir iam per integrum decem lustrorum spatium literis mirum quantum profuit, atque etiam nunc etsi senex tamen iuvenili cum vigore, etsi paullisper debilitato corpore tamen non fracto mentis robore per Dei gratiam prodest. Huicce tali viro ut animi nostri intimum sensum aperiamus, hortor vos, viri doctissimi, atque rogo, ut arripiatis pocula arreptaque in eius salutem hauriatis.

Baerius igitur, vir doctissimus, celeberrimus, vere sapiens; Academiae Petropolitanae decus magnum; homo candidissimus, modestissimus, integer vitae et purus animi; senex iuvenis, quem ut Deus propitius in longum aevum servet, tueatur, sustentet, pie precamur; amicus nobis omnibus intimo ex pectore dilectissimus honoratissimusque

Vivat, Crescat, Floreat!

Hierauf nahm der Veteran der russischen Litteraten, Geheimrath Gretsch, welcher selbst vor 10 Jahren das 50-jährige Jubiläum seiner schriftstellerischen Thätigkeit begangen hatte, das Wort:

Позвольте, милостивые государи, человѣку, который уже за десять лѣтъ предъ симъ отпраздновалъ пятидесятилѣтіе своей литературной дѣятельности, сказать нѣсколько словъ по случаю нынѣшняго дня, и простите великодушно, если выраженія чувствъ и мыслей семидесяти-осьмилѣтняго старца окажутся слишкомъ слабыми и несоотвѣтствующими достоинству почтеннаго мужа, которому посвящено настоящее торжество.

Карлъ Максимовичъ! Празднуя совершившееся нынѣ пятидесятилѣтіе вашей ученой жизни, мы съ умиленіемъ сердечнымъ приносимъ вамъ дань искренней нашей любви, уваженія и признательности, желаемъ вамъ всѣхъ благъ. Наравнѣ со всѣмъ ученымъ міромъ, знающимъ и чтущимъ васъ, мы видимъ въ васъ глубоко-ученаго мужа, неутомимаго поборника науки, великаго натуралиста, обогатившаго лѣтописи естественныхъ наукъ важными открытіями, наблюденіями и выводами. Вамъ безспорно отведено почетное мѣсто въ первомъ ряду естествоиспытателей прошедшихъ и нынѣшнихъ временъ. Всѣ современники, пользующіеся плодами вашихъ дарованій и трудовъ имѣютъ еще важнѣйшій поводъ приносить вамъ дань удивленія, хвалы и благодарности. При изслѣдованіи и изложеніи законовъ и таинствъ природы, вы не довольствуетесь доказательствами ихъ существованія и неоспоримости, вы свидѣтельствуете, что они обязаны своимъ началомъ и дѣйствіемъ волѣ и мудрости Всевышней Силы, постигаемой не умомъ человѣка, а его душею, его сердцемъ, всѣмъ его бытіемъ. Вы, богато одаренный всѣми высшими умственными способностями, признаете умъ свой, умъ человѣка, слабымъ и ничтожнымъ предъ малѣйшею искрою мудрости божественной; вы относите начало и существованіе всѣхъ веществъ во вселенной къ верховной Волѣ, познаваемой изъ дѣлъ ея. Въ наше время, къ сожалѣнію и бѣдствію, возникаетъ и распространяется, впрочемъ и людьми даровитыми и краснорѣчивыми, ученіе такъ называемаго нигилизма и матеріализма, котораго виновники, лжемудрецы, стараются поколебать увѣренность въ бытіи души человѣческой, и вѣру въ будущую жизнь. Но, благодареніе Богу, существуютъ среди насъ и честные, выспренніе чтители и глашатаи науки, внушенной небесною благостью любимцамъ и избраннымъ ея, возвращающимъ человѣку его вѣру и надежду. Вы, почтенный мужъ, принадлежите къ числу этихъ благодѣтелей человѣчества: матеріальную, видимую природу вы познаете, освящаете духомъ. И въ огромномъ небесномъ тѣлѣ, и въ мелкомъ, едва зримомъ насѣкомомъ вы видите вѣяніе непостижимаго слабому уму божественнаго величія. Каждая ваша рѣчь, каждое печатное разсужденіе есть богослуженіе.

Примите же выраженіе любви и благодарности со стороны всѣхъ, кто имѣлъ счастіе пользоваться вашими трудами, кто зналъ и чтилъ васъ. Живите долго и счастливо, и будьте для современниковъ и потомства образцемъ истиннаго человѣка и мудреца. Ваша слава не умретъ, доколѣ наука, честь, правда и глубокая вѣра въ Бога будутъ чтимы на землѣ.

Der Akademiker Wirkl. Staatsrath Nikitenko entwickelte in ausführlicher Darstellung, wie der Jubilar sich bei seinen wissenschaftlichen Arbeiten stets durch eine ansprechende, künstlerische Form und durch philosophische Tiefe und Schärfe ausgezeichnet hat:

«Говоря объ ученой дѣятельности Карла Максимовича конечно нельзя умолчать объ одномъ изъ замѣчательнѣйшихъ ея свойствъ — это возвышенность міросозерцанія, это глубокость пониманія и жизни и науки, которыми проникнуты и оживлены его ученыя изслѣдованія. Его умъ всостояніи обнимать одинаково широту раскрывающейся предъ нами жизни, какъ и погружаться въ анализъ разнообразныхъ и измѣнчивыхъ ея явленій и процессовъ. Онъ столько же способенъ проникаться духомъ ея, сколько и изучать ее. Неутомимый труженикъ въ мастерской науки, онъ въ тоже время мастеръ и художникъ, на всякомъ трудѣ своемъ полагающій печать высшаго разумѣнія вещей и величія идеи. Въ его твореніяхъ не только сознаешь истину, но чувствуешь ее. Въ нихъ есть и то, что увеличиваетъ запасъ свѣдѣній и то, что укрѣпляетъ и животворитъ мысль. И при томъ, какая мудрая осмотрительность въ его умозаключеніяхъ, предположеніяхъ и догадкахъ, какая выдержанность, и если можно такъ выразиться, какая сердечная деликатность въ выводахъ тамъ, гдѣ завѣтныя вѣрованія и чувствованія человѣчества сталкиваются съ опытомъ, въ частности, можетъ быть весьма важнымъ и убѣдительнымъ, но весьма недостаточнымъ, чтобы по немъ произнести послѣднее слово о судьбѣ этихъ чувствованій и вѣрованій. Онъ живое отрицаніе тѣхъ мнимыхъ изобличителей тайнъ природы, которые ловя только тѣнь истины, отбрасываемую на землю ходомъ вещей, думаютъ, что обладаютъ ею вполнѣ. Еще болѣе онъ живое отрицаніе тѣхъ, которые въ досадѣ обманутой надежды стать всевѣдущими, или что еще хуже, въ порывѣ высокомѣрной мысли, что уже стали ими, бросаютъ въ лице человѣчеству доктрины, способныя привести его въ отчаяніе, еслибы человѣчество вѣрило въ доктрины болѣе, чѣмъ въ верховный Зиждительный разумъ и въ самого себя. Карлъ Максимовичъ Бэръ не менѣе всякаго другого естествоиспытателя довѣряетъ анатомическому ножу и микроскопу; но онъ также довѣряетъ, что ни ножомъ нельзя выкроить, ни микроскопомъ высмотрѣть духа вѣчной жизни и разума, потому что Карлъ Максимовичъ нетолько ученый мужъ, но и мужъ мудрый.»

Nach diesen Worten erhob sich der Jubilar, um seinerseits einige Worte an die Versammlung zu richten:

Von ganzem Herzen danke ich allen Personen, welche aus der Nähe und aus der Ferne zur Feier dieses Festes weit über meine Erwartung und sicherlich weit über mein Verdienst mich mit ihrer Güte überhäuft haben. Ich kann aber das Bekenntniss nicht zurückhalten, dass es ziemlich dasselbe Gefühl erregt, wenn man öffentlich gelobt als wenn man öffentlich getadelt wird. In beiden Fällen hat man ein Bittersüss zu sich zu nehmen. Bei öffentlichem Tadel giesst das Gefühl, dass wir besser sind, als die Leute meinen, Süsses in den bittern dargebrachten Trank; bei öffentlichem Lobe sagt uns das Selbstbewusstsein lauter als jemals, wie viel Begonnenes nicht gelungen ist, und giesst damit bittern Trank in den süssen. Am bleibendsten ist die Nachwelt unseres Vaterlandes den Gründern der Preisstiftung verpflichtet. Da die Nachwelt aber noch gar nicht geboren ist und also auch nicht sprechen kann, so werden Sie es natürlich finden, dass ich ihr meinen Mund borge und den Gründern der Stiftung für diesen Gedanken und die mühevolle Ausführung, so wie allen Theilnehmern für ihre Beiträge danke. Einen bleibenden Sporn für selbstständige Forschung im Gebiete der Naturwissenschaften haben Sie für das Russische Reich gestiftet. Ein solcher Ehrenlohn war hier um so wünschenswerther, als die Russische Sprache von den grossen Concursen in West-Europa ausschliesst und die einheimischen Demidoffschen bald verlöschen sollen. Es bleibt nur noch zu wünschen, dass diese Stiftung auch für andere Felder der Forschung zahlreiche Nachahmung finde.

Zum Schlusse und persönlich habe ich noch allen Anwesenden für ihre Gegenwart zu danken und ich will versuchen, ihre Theilnahme durch eine neue Lehre etwas zu vergüten. Der Tod ist, wie Jedermann weiss, eine Erfahrungssache, und zwar eine recht oft wiederholte Erfahrung; aber die Nothwendigkeit des Sterbens ist noch keineswegs nachgewiesen. Niedere Organismen sind wohl sehr häufig nur an einen Abschnitt des Jahreswechsels gebunden und können über ihn hinaus ihr individuelles Leben nicht fortsetzen, sondern nur Keime für neue Individuen ausstreuen, wie z. B. die einjährigen Pflanzen. Aber dass Organismen, welche Sommer und Winter überdauern können und die Mittel haben, Nahrungsstoffe aufzusammeln, nothwendig sterben müssen, ist keineswegs erwiesen. Der berühmte Harvey zergliederte einen Mann, der im 152sten Jahre seines Lebens gestorben war und fand alle Organe noch gesund, so dass dieser Mann allem Anscheine nach länger gelebt hätte, wenn er nicht vom Lande in die Hauptstadt gebracht worden wäre, wo man ihn recht pflegen wollte und er an zu guter Pflege verstarb. Ich bin daher geneigt, das Sterben für eine blosse Folge des Nachahmungstriebes — für eine Art Mode zu halten, und zwar für eine recht unnütze. Darin bin ich bestärkt durch Arthur Schopenhauer, den Philosophen, der den Grund alles Geschehens als einen Willen auffasst. Wenn ein Stein fällt, so ist es der ihm innewohnende Wille, der ihn fallen macht, so gut es mein Wille ist, der mich gehen macht, wenn ich gehe. Da habe ich mir denn vorgenommen, nicht sterben zu wollen, und, wenn etwa meine Organe ihre Pflicht nicht thun wollen, meinen Willen gegen den ihrigen zu setzen, dem sie sich doch werden fügen müssen. Ich rathe allen Anwesenden dasselbe zu thun, und lade Sie hiermit ein, heute nach 50 Jahren an demselben Orte zur Feier meines zweiten Doctor-Jubiläums zu erscheinen. Dann bitte ich mir aber die Ehre aus, dass ich der Wirth sei, und die Anwesenden meine Gäste.

Nach diesen Worten folgten noch verschiedene kürzere und längere Toaste, welche zum Theil bereits nach aufgehobener Tafel ausgebracht wurden. Der ehrwürdige Universitätsgenosse des Jubilars Bischof Ulmann sprach folgende Worte:

Baer's ganzes Leben war der Wahrheit gewidmet, er lag ihr ob mit seltener Treue, mit männlichem Eifer. So fassen wir wohl Alles, was heute zu ihm und von ihm gesagt worden, zusammen, indem wir ein Hoch bringen

dem *wahren* Manne, dem wahren *Manne!*

Ferner heben wir hervor die auf die Verdienste des Jubilars in Betreff des Asowschen Meeres Bezug nehmende Rede des Wirklichen Staatsraths Kukolnik:

На юбилей Вашъ всѣ Русскія моря и рѣки должны бы прислать особыхъ представителей съ изъявленіемъ признательности за Ваше ученое къ нимъ вниманіе. Случайный гость съ Азовскаго моря, считаю себя счастливымъ, что наша Мэотійская лужа, наше Азовское беззащитное болото можетъ въ этотъ торжественный день Вашей жизни засвидѣтельствовать передъ ученымъ и неученымъ міромъ, что какъ оно ни мало, ни мелко, но глубоко умѣетъ чувствовать, какую огромную услугу Вы оказали вѣчно колеблющимся его судьбамъ Вашимъ безпристрастнымъ словомъ. Закрытіе Азовскаго моря для иностранныхъ судовъ — эта очевидная нелѣпость — цѣлые полъ-вѣка носила маску правдоподобія, угрожала разрушить огромную торговлю, разорить самый богатый уголъ Россіи, на людей нетвердыхъ въ наукѣ и администраціи наводила постоянное недоумѣніе и гроза закрытія Азовскаго моря не сходила съ нашего горизонта. Нуженъ, необходимъ былъ такой, какъ Вашъ, авторитетъ, чтобы спасти Азовское море отъ напраслинъ, которыя на него взводили то корыстный разсчетъ, то легкомысленное невѣжество....

Авторитетъ?....

Мнѣ скажутъ, что авторитеты теперь не въ модѣ. — А я скажу, что на всякую моду должно смотрѣть не болѣе какъ на моду; что неуважать авторитеты могутъ только тѣ, которые не уважаютъ самую науку, незнакомы со всѣми трудностями и жертвами безкорыстнаго ей служенія и, прозябая на счетъ собственнаго бѣднаго ума и собственнаго обильнаго невѣжества, въ духовной нищетѣ своей не вѣдаютъ, что въ продолженіе многихъ тысячъ лѣтъ, какъ свѣтъ стоитъ, ни одно великое свѣтило ученаго міра — еще не погасло.

Endlich verdienen die humoristischen Worte des Geheimraths Dr. Weisse mitgetheilt zu werden:

Meine Herren!

Als einer der ältesten Freunde unseres Jubilars möchte auch ich einige Worte — pour la bonne bouche — vorbringen. Da derselbe jedoch von den vorangegangenen Rednern ab ovo usque ad mala verspeist worden ist, bleibt mir nichts anderes übrig, als in die *vorweltliche* Zeit seines Lebens, d. h. in seine Studentenjahre zurückzugehen. Diese Zeit kann man doch wohl mit vollem Rechte *vorweltlich* nennen, da der Studiosus ja erst nach geendigten Studien in die Welt tritt. — In jener Zeit nun, als wir vor fünfzig und einigen Jahren in Dorpat zusammen studirten und zusammen wohnten, fand ich eines Tages bei'm Nachhausekommen aus den Vorlesungen an eine Thür von der Hand meines Stubengenossen mit Kreide die Worte geschrieben: «Les erreurs de ma jeunesse». Ich schrieb auf die andere Seite: «Les fautes de mon enfance». Beide gewiss sehr interessante Abhandlungen sind nicht gedruckt worden, weil der Text zu den Titeln fehlte. Es haben indessen im Verlaufe eines halben Jahrhunderts die Reime zu letzteren sich eingefunden. Mein hochgeschätzter Freund kann jetzt an seine Thür schreiben: «Les triomphes de ma vieillesse», und ich stehe auf der andern Seite chapeau-bas mit der Inschrift: «Hommage et révérence». Somit heisst es jetzt:

Les erreurs de ma jeunesse,
Les fautes de mon enfance;
Les triomphes de ma vieillesse,
Hommage et révérence.

Da nun aber ein *speech*, gut oder schlecht, jederzeit mit einem Vivat endigen muss, so erlauben Sie mir, meine Herren, den paradoxen Toast auszubringen: «Vivent les erreurs de la jeunesse», wenn sie zu einem so glorreichen Ziele führen, als unser verehrter Jubilar erreicht hat. Also: «Vivent les erreurs de sa jeunesse!»

Während man noch bei Tische sass, langte aus Dorpat folgende telegraphische Depesche an:

Ein Hoch *unserem* Karl Ernst von Baer, dem Manne, der mit leiblichem und geistigem Auge die Entwickelung alles Organischen aus dem Ei am schärfsten zu erspähen verstanden.

Walter.	Raupach.	Seidlitz.
Bunge.	Samson.	Adelmann.
Oettingen.	Grewingk.	Keyserling.
	Oettingen, Gouverneur.	

Dorpat hatte aber auch noch auf andere Weise den innigsten Antheil an einer Verherrlichung des Tages. Die Dörptsche Zeitung brachte bereits im Laufe des Tages einen Artikel über den Jubilar und versandte ausserdem noch ein Extrablatt mit einem den Jubilar betreffenden Telegramm. Der in № 199 der Zeitung abgedruckte Artikel lautet:

Funfzig Jahre sind es am heutigen Tage, dass in der Aula zu Dorpat Karl Ernst von Baer zum Doctor promovirt wurde. Viele haben an derselben Stätte die gleiche Würde errungen, von allen diesen ist keiner zu nennen, den er nicht weit überragte im Rangstreit geistiger Kraft.

Allein das sagt zu wenig!

Unser Land zählt ohne Mühe diejenigen seiner Söhne, deren Name jenseits der engen Grenzen die eigne Generation zu überdauern vermochte. Der Mann, von dem wir reden, will mit grösserem Maassstabe gemessen sein. — So weit die Wissenschaft reicht, die nach Gesetz und Form im Reiche organischen Lebens sucht, so lange innerhalb derselben auf des Vorgängers Arbeit der Nachfolger, weiter ringend, baut, wird aller Orten Karl Ernst von Baer als der Ersten Einer genannt werden, die mit eindringendem Scharfblick verborgene Tiefen der Erkenntniss geöffnet, kommenden Geschlechtern neue Ziele gewiesen haben.

Die Wissenschaft feiert den Ehrentag ihres Altmeisters nach ihrer Weise. Uns sei es vergönnt, Einiges dazu beizutragen, dass auch in Kreisen ausserhalb der Fachgenossenschaft man sich des hochberühmten Landsmannes heute bewusst werde.

Karl Ernst von Baer ist 1792 zu Piep in Estland geboren. Sein Vater war der Landrath Magnus von Baer. Den Unterricht genoss er auf der Domschule zu Reval und bezog die Universität zu Dorpat im Jahre 1810. Hier studirte er Medicin, auch der praktisch medicinischen Thätigkeit eifrig obliegend, und erlangte nach Vertheidigung seiner Dissertation «de morbis inter Esthonos endemicis» am 29. August 1814 den Doctorgrad.

Mit der Erstlingsschrift nahm er zugleich Abschied von der Heilkunde und ein längerer Aufenthalt auf verschiedenen Universitäten Deutschlands bot seiner Neigung für Anatomie und Physiologie, die Burdach in Dorpat bei ihm geweckt hatte, gewünschte Nahrung. Bereits 1817 ernannte ihn Königsberg zum Prosektor, 1819 zum ausserordentlichen Professor, gab ihm 1822 die Professur der Zoologie und besass ihn, mit kurzer Unterbrechung, 18 Jahre lang.

Hier begann und vollführte er die Hauptarbeit seines Lebens, von der er in dem Sendschreiben an die St. Petersburger Akademie der Wissenschaften «de ovi mammalium et hominis genesi» im Jahre 1827 die erste Kunde gab und die in seiner «Entwickelungsgeschichte der Thiere» einige Jahre später in einem Grade zum Abschluss gebracht ist, dass, was seitdem von anderer Seite auf gleichem Felde erschienen, nur als bescheidene Ergänzung daneben aufzutreten vermag.

Als er an diese Aufgabe herantrat, entzog sich die Frage nach dem Werden des organischen Einzelwesens noch jeder exacten Behandlung, es gab keine Entwickelungsgeschichte. Eben waren die ersten sichern Aufschlüsse über die Entstehung des Vogels im Ei geboten worden. Allein durfte das maassgebend sein für die lebendgebärenden Geschöpfe, vor Allen für den Menschen?

Aller Hinweis der vergleichenden Anatomie auf eine tiefere Ordnung, einen durchgehenden Plan in der Gestaltung thierischer Wesen entbehrte des vollen Gewichts, so lange die Entstehung im Dunklen blieb. Was ähnlich erschien nach seiner fertigen Gestalt, es durfte doch nicht verwandt heissen, wenn es möglicher Weise verschiedenen Anfang genommen. So litt das ganze Wissen von der organischen Welt unter dem Mangel dieser Erkenntniss. Denn wer wollte sich der Einsicht verschliessen, dass nur *der* die Dinge zu kennen sich rühmen darf, der da weiss wie sie geworden.

Solche Bedenken und Zweifel wichen vor der grossen Entdeckung Baer's, dass jedem Geschöpf, den Menschen einbegriffen, ein und derselbe Anfang gesetzt ist. Ein gleichgeformtes Gebilde, — zwar in Nebensächlichem differirend, hier grösser, dort kleiner, hier mehr, dort weniger verhüllt —, giebt überall die erste Grundlage ab, an der die einleitenden Vorgänge der Entwicklung in durchaus übereinstimmender Weise sich vollziehen. — So war eine einheitliche Grundlage gewonnen, klar und bestimmt, für alle Forschung, mochte sie den Menschen umfassen, oder dem belebten Staube nachspüren.

Und weiterhin that er dar, dass von diesem gleichen Anfange aus das bestimmte Individuum nicht bei dem ersten Schritte gleich als solches gekennzeichnet hervortritt, sondern dass zunächst gewisse allgemeinere Urformen entstehen, die in allmählichem Gange erst aus sich hervorbilden, was im einzelnen Falle das besondere Geschöpf vor allen andern auszeichnet. So ist es *eine* Grundidee, die durch alle Formen und Stufen thierischer Entwickelung geht und alle Verhältnisse beherrscht.

Kein Zweig der anatomisch-physiologischen Wissenschaften blieb unberührt von Baer's Lehre und Entdeckungen. Die meisten erhielten einen Aufschwung, der von daher eine neue Epoche derselben datiren lässt. Die ganze Anschauung vom Baue der organischen Körper erfuhr eine durchgreifende Umgestaltung. Was so übereinstimmend aus derselben Quelle hervorging, es konnte auch im vollendeten Zustande nicht aus heterogenen Elementen bestehen. Man suchte nach dem gemeinsamen Formelement: man fand es in der organischen Zelle.

Die Lehre von der Zelle aber, Tochter der Entwickelungsgeschichte, ist es, auf der heutigen Tages Pflanzenkunde und Thierkunde, Kunde vom gesunden und vom kranken Leben als auf der gleichen Basis ruhen.

Nachdem Baer im Jahre 1826 von der Akademie der Wissenschaften zu St. Petersburg zum correspondirenden Mitgliede erwählt war, erfolgte 1829 seine Ernennung zum ordentlichen Mitgliede, doch siedelte er erst 1835 dahin über und vertrat in der gelehrten Körperschaft das Fach der Anatomie, bis er im Jahre 1862 seiner Bitte gemäss in den Ruhestand versetzt wurde.

Umfassend und erfolgreich war seine Thätigkeit in dieser ganzen Zeit, wie keines Andern, und was er vollführte, es trägt die Spur desselben Geistes, der sich bereits darin bewährt, der Natur ihre geheimsten Räthsel abzuringen. — Geht er den Spuren untergegangener Thiergeschlechter nach, oder verfolgt er Leben und Treiben der Infusorien, erforscht er als Zoolog, als Geograph und Meteorolog in *einer* Person Nowaja Semlja und die Küsten des Eismeeres oder die Salzsteppe und das Kaspische Meer: stets zeigt er den Scharfblick, der, ohne zu irren, das Entscheidende zu finden versteht, stets wird er auf jedem neuen Felde Meister.

Würdig schliesst er den reichen Kreis seiner Arbeit mit dem Objekte, das er das oberste der Naturforschung nennt, dem Menschen selbst. Wir sehn ihn, einen Greis an Jahren, jung in unermüdlichem Streben das Gebiet der vergleichenden Schädellehre betreten, sammelnd und ordnend, in allem Einzelnen es sich zu eigen machen, kritisch sichtend die Methoden verbessern, mit klarem Auge die Ziele schärfer aufstellen.

So waltet er fort mit rüstiger Kraft im fünften Decennium seiner wissenschaftlichen Laufbahn, wie in dem ersten, wie zu der Zeit, welcher der Spruch gedenkt, den die heute um ihn Versammelten ihm weihen:

Orsus ab ovo homini hominem ostendit.

Am Abende aber hielt der Wirkliche Staatsrath Professor Dr. Jessen in der Dorpater Ressource folgende Rede:

Hochzuverehrende Herren!

Das Ersuchen, mir für einige Minuten Gehör zu schenken, deutete schon darauf hin, dass der Tag ein Fest bezeichnet, welches von allgemeinerem Interesse ist; denn nur bei solchen Veranlassungen habe ich es jezuweilen gewagt mich zum Sprecher aufzuwerfen, und die Gesellschaft hat mir, gütig genug, ihre Aufmerksamkeit zu Theil werden lassen. — Und in der That — so ist es!

Zunächst drängt sich mir in diesem Augenblicke aus einer Zeit, die wie ein freundlicher Stern in die trüben Herbstnebel hereinscheint, eine Reminiscenz auf und will sich nicht abweisen lassen. — Es war im Jahre 1858, als der Verein Deutscher Naturforscher und Aerzte seine 34ste Zusammenkunft unter den Auspicien eines jungen Herrscherpaares abhielt, durch dessen liebreiche Fürsorge und rege Theilnahme, so wie durch das freundliche Entgegenkommen der Carlsruher Gelehrten und Bürger, die stark besuchte Versammlung — nach einstimmiger Aussage — eine der glänzendsten und genussreichsten wurde.

Am 20. September jenes Jahres trat in die anatomisch-physiologische Abtheilung ein anspruchslos gekleideter, freundlicher alter Herr aus Russland ein. — Bevor er aber noch Zeit fand die Versammelten zu begrüssen und nur erst den sinnigen Blick aus seinen hellen, grossen Augen über sie hingleiten liess, war der Vortrag schon unterbrochen und hatten sich — wie auf gemeinsame Verabredung — sämmtliche Mitglieder von ihren Sitzen erhoben, um dem willkommenen Gaste ihre Hochachtung zu bezeugen. — Eine Ehre und Auszeichnung, die nicht Vielen zu Theil geworden ist!

Wenige Tage nach dieser Scene sass derselbe Mann auf dem Balcon des Kurhauses in Baden-Baden mit einigen näheren Freunden gemüthlich beisammen. Nicht lange aber, so hatte sich ein bedeutender Kreis von Gelehrten um die Gruppe versammelt: Einer nach dem Anderen wurde dem alten Herrn vorgestellt, Alles hing an seinen Blicken und lauschte seiner Rede. War es doch, als nähme hier ein Fürst die Cour entgegen — nur etwas zwangloser!

Unter den Vorgestellten befand sich auch ein bejahrter Mann, der bei Einigen unter uns und in Dorpat überhaupt wohl noch in gutem Andenken steht, Professor Rathke, vieljähriger Freund und Mitarbeiter des alten Herrn. — So lange aber waren Beide von einander entfernt gewesen, dass Einer den Andern nicht mehr erkannte, und als Rathke nun den Collegen mit Freudenthränen umarmte, — da wurde noch manches Auge feucht.

Doch verzeihen Sie, meine Herren, wenn ich — hingerissen von solchen, mir persönlich lieben Bildern aus der Vergangenheit, einer Episode aus dem Leben des Mannes, dem mein Vortrag gilt, vorbeigegangen bin, deren Erwähnung für uns Alle ein noch viel grösseres Interesse haben wird.

Im Jahre 1852, bei Gelegenheit des 50jährigen Jubiläums unserer Universität, brachte derselbe alte Herr — diesmal aber in grosser Gala und mit den Ehrenzeichen des Verdienstes geschmückt, in unvergesslicher Rede ihr den Festgruss der St. Petersburger Academie der Wissenschaften. Lassen Sie mich einige seiner — um mit dem Dichter zu reden — «goldenen Worte in silberner Schale» hier wiederholen, weil sie ein so treues Abbild von dem innersten Wesen des Mannes geben, dass wir dazu gar keines weiteren Commentares bedürfen.

«Wo die Academie» — so lauteten diese — «auch eine Unterstützung wünscht, «selbst in den unwirthbarsten Gegenden, da hat sie die Zöglinge der hiesigen Hoch-«schule dazu bereit gefunden, und oft *nur* diese. In der That, wer hat die Erzeug-«nisse der Natur auf der äussersten von Menschen nicht mehr betretenen Spitze, «welche Sibirien ins Eismeer vorstreckt, wer in den brennenden Steppen Mittelasiens «gesammelt? Wer untersucht in diesem Augenblicke das Felsgebirge des schnee-«reichen Kamtschatka und wer misst in den sonnverbrannten Fluren des Kaukasus «die Strömungen des Luftmeeres und den Wechsel der Wärme? Das *stumme* und so «*beredte* Buch, das Sie heute verbreiten, giebt Antwort auf diese Fragen. Sie alle «waren Söhne Dorpats!»

«Zu solchen Unternehmungen verlocket nicht die Hoffnung auf äusseren Gewinn. «Wir schliessen aus dieser Bereitwilligkeit Ihrer Zöglinge, dass Sie, meine Herren, «das Beste in den Geist pflanzen, was darin gepflanzt werden kann, die *Sehnsucht nach* «*dem Lichte*, wie das Beste, was im Herzen wohnen kann, die Sehnsucht nach dem «Herzen ist. So wie man von den Zöglingen Dorpats, die über das weite Reich, von «den Ufern des Niemen bis zu den Küsten des Beringsmeeres verbreitet sind, sagen «darf, dass die Sonne für sie nicht untergehe, so kann man in einem etwas anderen «Sinne sagen, dass das Licht nicht ausgehe für die Zöglinge Dorpats, denn die Sehn-«sucht nach dem Lichte, die sie mitnehmen, lässt sie es immer finden!»

Jetzt, meine Herren, weiss Jeder von Ihnen, dass jener alte Herr niemand Anderes war, als der berühmte Sohn unserer Alma Mater: Karl Ernst v. Baer!

Heute nun ist das 50jährige Doctorjubiläum des Hochbetagten in der Residenz festlich begangen. Der Telegraph hat uns schon Kunde gebracht, wie seine Verdienste mit wahrhaft Kaiserlicher Munificenz anerkannt sind. — Die Academie hat sich in dem Ruhme ihres vieljährigen Mitgliedes gesonnt, Esthland mit besonderem Stolze auf seinen Landsmann geblickt und es gewiss an dem Verdienstеskranze nicht fehlen lassen. Von allen Seiten sind Freunde und Verehrer des Jubilars herbeigekommen, um ihm ihre Freude, ihre Wünsche und Hoffnungen auszusprechen. Unsere Universität ward durch ihren Rector repräsentirt: auch die Veterinairschule hat sich selbst geehrt, indem sie dem Gefeierten das Diplom als Ehrenmitglied des Conseils zusandte. — Gesorgt ist dafür, dass eine Stiftung diese Feier unvergesslich macht, und eine Medaille, die ihm zu Ehren geprägt wurde, trägt die Umschrift: *orsus ab ovo hominem homini ostendit*, und weist somit auf die wichtigste seiner Entdeckungen hin.

Ja wahrlich, meine Herren, wenn auch gegenwärtig noch mancher nicht ganz Ungebildete der Frage von seiner Entstehung höchst gleichgültig gegenübersteht, wenn er sich mit dem biblischen Ausspruche «ihr seid göttlichen Geschlechts» genügen lässt und seine forschenden Kinder, nach wie vor, mit dem Märchen abweist, dass der Storch sie gebracht hat, — so trägt die Schuld die Schule und er könnte, Dank sei es den Forschungen v. Baer's! sich eben so wie Andere darüber belehrt haben, dass er so gut, wie jener heilige Vogel, dem Ei entstammt. Jeder von uns kennt nun aber die, allerdings mit göttlicher Kraft und einem Theile des Alllebens ausgestattete, unscheinbare Brutzelle, die aus sich selbst, nach und nach, den ganzen Menschen mit allen seinen Organen heraus differentiirt, — diejenigen nicht ausgenommen, durch welche er befähigt wird Festreden auf den glücklichen Entdecker abzufassen und vorzutragen. Aber auch die Organe sind mit *eingeschlossen*, welche ihm die Schamröthe ins Gesicht treiben, wenn er fühlt, wie weit er darin hinter seinen Wünschen zurückbleibt, und — glücklicherweise auch jene nicht *ausgeschlossen*, die es ihm gestatten Reissaus zu nehmen, wenn dasselbe Gefühl von seinen Zuhörern getheilt, er keinem so nachsichtigen Publikum gegenüberstehen und vollkommenes Fiasco machen würde.

Wie der Jubilar sich um die Entwickelungsgeschichte des menschlichen Individuums verdient gemacht hat, so suchte er auch durch seine cranioscopischen und anderen Forschungen den Weg anzubahnen, auf dem der Schleier, der über die Geschichte der Menschheit gebreitet ist, mit der *Zeit* gelüftet werden kann. Und wer wäre wohl im Stande, einem Gelehrten wie v. Baer, der ein halbes Jahrhundert lang sich den Forschungen über die höchsten Aufgaben der Naturwissenschaften hingab, in seinen vielseitigen Bestrebungen nachzugehen? Welche Feier könnte jeder derselben die verdiente Würdigung angedeihen lassen? Sie tragen den besten Lohn in sich selbst: würde aber sein Fest an hundert verschiedenen Orten gefeiert, so könnte doch jeder mit einiger Phantasie ausgestattete Redner leicht seinem Vortrage daraus ein anderes Thema zur Grundlage geben.

Und darin liegt auch unsere Berechtigung! Wollen wir es denn, zum Schlusse, noch versuchen, auf Einiges hinzudeuten, was heute in St. Petersburg vielleicht gar nicht, oder doch in anderem Sinne, als dem unsrigen, zur Sprache kam!

Ginge es nach diesem, so hätte das eisumstarrte Nowaja Semlja auf der höchsten seiner Klippen heute eine Fahne mit dem Namen v. Baer's aufzupflanzen und sich das hellste Nordlicht dazu zu bestellen, damit sie selbst in der Hauptstadt Allen sichtbar würde!

Die Fischer des Kaspischen Meeres und der Wolga müssten einige Pude des feinsten Caviars als Ehrengeschenk für die Festtafel beigesteuert haben. Sie würden diesem Wunsche gewiss auch gern nachgekommen sein, wenn sie nur eine Ahnung davon hätten, wie interessant sie der ganzen civilisirten Welt durch seine genauen und eingehenden Schilderungen ihres Thuns und Treibens geworden sind.

Und hätten nicht etwa Städte wie Taganrog, Melitopol und Berdiansk volle Ursache, heute für den Mann zu illuminiren, der die Furcht von ihnen nahm: als wolle das Meer, dem sie sich vermählt haben — die Quelle ihrer Existenz — sich nächstens böslich von ihnen scheiden und sie auf dem Trocknen sitzen lassen?

Aber, meine Herren, so wie ich ihre Bewohner kennen gelernt habe, fürchte ich leider: sie thun es nicht und berechnen sofort, dass sie den Talg viel einträglicher verwerthen können. Denn was gilt dem Speculanten ihres Schlages die Dankbarkeit, die nichts einbringt? Und lacht auch ein Stück italiänischen Himmels über ihnen, so fehlt doch die italiänische Poesie ganz und gar.

Davon hat selbst der Norden mehr bekommen, und was lässt sich daher in einer Musenstadt, wie Dorpat, nicht Alles erwarten? Ich — meinerseits — bin auch überzeugt davon und gehe jede Wette darauf ein, dass sogar die Seele unserer «Narowa» sich in ihren früheren Leib, die «Juliane Clementine*)», zurück träumt und heute von ihr folgende Geschichte erzählt:

Einst hat den Peipus sie bezwungen
Als Dorpats erstes Feuerschiff;
Da ward ihr hohes Lob gesungen,
Wenn Kruse in die Saiten griff.

---

*) Die Juliane Clementine — besonders von Kruse besungen — wurde in dem Ausflusse der Narowa aus dem Peipus auf den Strand getrieben, als sie auf einer Fahrt an verschiedenen Stellen Lachse auswerfen sollte. Ihre Maschine dient noch jetzt der «Narowa».

Den Namen hat sie Dir errungen
Durch Schiffbruch an dem Felsenriff,
Auf stürm'scher Fahrt — die Baer gebot;
In seinem Dienst fand sie den Tod!

Ob die Saat, welche sie auf ihrer letzten Fahrt ausstreute, aufgegangen ist und Früchte getragen hat, wer weiss es? wer kann die Tiefen des See's durchmustern?!

Dazu aber brauchen Sie, meine Herren, Ihre Phantasie gar nicht übermässig anzustrengen, um wahrzunehmen, wie die Brachsenjünglinge des Peipus sich heute in grossen Schaaren versammeln, im Trinken fast zu viel thun und sich wohl gar einen Rausch anlegen, zum Ehrentage ihres Retters und Wohlthäters, der die engmaschigen Feinde, welche ihnen früher schon in der unschuldigen Knabenzeit den Garaus machten, vernichtete! — Hin und wieder zieht stolz und majestätisch ein silbergepanzertes, respectables altes Haus (man weiss nicht recht: ist es einer ihrer Vorfahren oder gar ein Lachs!) durch ihren Reigen, feuert die flotten Burschen noch mehr zum Trinken an, und Alle würden Vivat schreien — wenn die Natur ihnen nicht leider die Stimme versagt hätte.

»Doch wir sind keine Fische!
»Bei uns geht's in die Höh'.»

Ja! und zwar in *die* Höhe, wo Allen die hohe Bedeutung des gleich uns aus der unscheinbaren Zelle hervorgegangenen Jubilars für die Naturwissenschaften aufgegangen ist; des Mannes, den Manche unter uns bereits längst kennen und nicht bloss als Gelehrten hochschätzen, — den wir hoffentlich bald als Mitbürger begrüssen. Ich glaube ganz im Sinne der Gesellschaft zu handeln, wenn ich Sie auffordere: ihm noch ein langes Wirken zu wünschen und ein freudiges, herzliches Hoch auszubringen auf

Karl Ernst v. Baer!

Laut eines Schreibens des Herrn Ministers der Volksaufklärung vom 2. December 1864 an den Herrn Präsidenten der Kaiserlichen Akademie der Wissenschaften hatte S. M. der Kaiser am 30. November in Folge einer Vorstellung des Herrn Ministers geruht zu gestatten, dass die Kaiserliche Akademie der Wissenschaften die Baer'sche Stiftung entgegennehme und aus den Procenten des Kapitals Prämien unter dem Namen «Prämien des Geheimraths Baer», auf Grundlage des von ihr zu entwerfenden Statuts, vertheile.

Statut für den Preis des Geheimraths Baer*).

§ 1.

Der Baer'sche Preis wird aus den Zinsen eines bei Gelegenheit des 50jährigen Doctorjubiläums des Geheimraths K. E. v. Baer durch freiwillige Beiträge innerhalb des russischen Reichs zusammengekommenen Kapitals gebildet.

§ 2.

Das Kapital selbst ist unantastbar und wächst durch Zuschlag eines Theiles der Zinsen und durch etwaige spätere Beiträge. Die Zinsen dürfen in keinem Falle zu etwas Anderem als zur Bildung von Prämien oder zur Vergrösserung des unantastbaren Kapitals verwandt werden.

§ 3.

Das Kapital, in russischen Staatspapieren angelegt, wird von der Kaiserlichen Akademie der Wissenschaften verwaltet.

§ 4.

Der Baer'sche Preis besteht zunächst aus 1000 Rubeln und wird alle drei Jahre vertheilt. Sobald die Summe der dreijährigen Zinsen mehr als 1400 Rubel beträgt, wird ein zweiter Preis als Accessit im Betrage von 300 Rubeln gestiftet;

---

*) Entworfen von einer in der Sitzung der physico-mathematischen Classe am 1. September erwählten, aus den Herren K. E. v. Baer, J. F. Brandt, O. Böhtlingk, K. Vesselofski, Ph. Owsiannikow und L. v. Schrenk bestehenden Commission; bestätigt von der physico-mathematischen Classe am 20. October und von der gesammten Akademie am 4. December 1864.

sobald die Summe der dreijährigen Zinsen sich auf 1600 Rubel beläuft, wird das Accessit auf 400 Rubel erhöht; sobald die Summe der dreijährigen Zinsen die Höhe von 1800 Rubeln erreicht, wird das Accessit 500 Rubel betragen. Wird die Summe der dreijährigen Zinsen auf 2000 Rubel angewachsen sein, so wird es vom Ermessen der Kaiserlichen Akademie der Wissenschaften abhängen, ob der Betrag des ersten Preises, oder der des zweiten, oder auch beider zu erhöhen, oder aber ob der Ueberschuss zum Kapital zu schlagen sei, damit in der Folge noch mehr Preise gestiftet oder die bestehenden Preise in kürzeren Fristen vertheilt werden könnten.

§ 5.

Der Baer'sche Preis ist bestimmt für wissenschaftliche Untersuchungen, welche organische Körper zum Gegenstand haben.

§ 6.

Den ersten Anspruch auf einen Baer'schen Preis haben diejenigen Werke, in denen physiologische oder anatomische Untersuchungen, insbesondere über die Entwickelung organischer Körper, enthalten sind. In zweiter Reihe stehen die Werke, welche paläontologische Untersuchungen aus zootomischem oder phytotomischem Gesichtspunkt zum Gegenstand haben. In letzter Reihe stehen systematische Werke über Zoologie und Botanik; Faunen und Floren können nur dann gekrönt werden, wenn sie ein grösseres Gebiet des russischen Reichs umfassen.

§ 7.

Ein Werk aus einer nachfolgenden Kategorie kann einem Werke aus einer vorangehenden Kategorie nur in dem Falle gleichgestellt oder vorgezogen werden, wenn es von grösserer wissenschaftlicher Bedeutung ist; bei sonst gleichem Werthe wird demnach ein Werk aus einer vorangehenden Kategorie stets einem Werke aus einer nachfolgenden Kategorie vorgehen.

§ 8.

Ein Werk auf einem der eben genannten Gebiete kann überhaupt nur in dem Falle den Preis erhalten, wenn die darin enthaltenen Forschungen die Wissenschaft weiter fördern.

§ 9.

Wenn die das Urtheil sprechende Commission (s. § 24) zwei oder mehr Werken einstimmig gleiche Ansprüche auf den Preis zuerkennt, dann wird, aber auch nur in diesem Falle, der Preis unter den Verfassern zu gleichen Theilen vertheilt, und jedes dieser Werke als ein mit dem vollen Baer'schen Preise gekröntes betrachtet.

§ 10.

Wenn zwei oder mehr Werke zu der Zeit, wann das Accessit schon besteht, von der Commission für gleich bedeutend erklärt werden sollten, dann werden beide Preise vereinigt und unter den Gleichberechtigten zu gleichen Theilen vertheilt.

§ 11.

Das Accessit kann in einem Concurse auch allein, ohne den grossen Preis, zuerkannt werden. So lange das Accessit noch nicht besteht, kann ein, aber auch nur ein, kleinerer Preis von 300 Rubeln in dem Falle einem Werke zuerkannt werden, wenn kein Werk des grossen Preises würdig befunden wird.

§ 12.

Eine nicht zur Vertheilung gekommene Prämie wird eingezogen und zum unantastbaren Kapital geschlagen.

§ 13.

Der Baer'sche Preis kann nicht nur russischen Unterthanen, sondern auch Ausländern zuerkannt werden, letztern jedoch nur in dem Falle, wenn sie am Tage der Zuerkennung des Preises wenigstens 3 Jahre in russischen Diensten oder 10 Jahre Bewohner des russischen Reichs sind.

§ 14.

Der Baer'sche Preis kann keinem wirklichen Mitgliede der Kaiserlichen Akademie der Wissenschaften und keinem Mitgliede der das Urtheil sprechenden Commission zuerkannt werden.

§ 15.

Ein zum Concurs eingereichtes Werk kann in einer der Sprachen, die den Männern der Wissenschaft in Russland geläufig zu sein pflegen, abgefasst sein. Zu solchen Sprachen gehören gegenwärtig ausser der russischen noch die deutsche, französische, englische und lateinische. Ein in einer anderen Sprache geschriebenes Werk kann von der Commission zurückgewiesen werden, wenn innerhalb derselben aus Unkenntniss der Sprache Niemand das Werk zu beurtheilen im Stande ist.

§ 16.

Der Preis kann nur den Verfassern selbst oder ihren gesetzmässigen Erben, nicht aber den blossen Verlegern ausgezahlt werden.

§ 17.

Der Baer'sche Preis wird stets am 17. Februar alten Stils, dem Geburtstage des Geheimraths K. E. von Baer, zuerkannt. An diesem Tage verliest in einer öffentlichen Sitzung der Akademie, zu der alle Freunde der Wissenschaft, insbesondere aber die Naturforscher und Aerzte, eingeladen werden, ein Mitglied der Commission das ausführliche Urtheil derselben und macht auf den wissenschaftlichen Werth des gekrönten Werkes aufmerksam. Diesen Bericht veröffentlicht die Kaiserliche Akademie der Wissenschaften durch ihre Organe.

§ 18.

Zum ersten Mal wird der Preis am 17. Februar 1867, darauf 1870, 1873 u. s. w. ertheilt werden.

§ 19.

Zum Concurs werden nur diejenigen Werke angenommen, die innerhalb des zwischen zwei Concursen liegenden Zeitraums erschienen sind; das erste Mal solche Werke, die in den letzten 3 Jahren herausgekommen sein werden.

§ 20.

Die zum Concurs bestimmten Werke müssen spätestens bis zum 1. November des der Preisvertheilung vorangehenden Jahres an die Kaiserliche Akademie der Wissenschaften eingesandt werden.

§ 21.

Spätestens zwei Monate vor dem Schlusse jedes Concurses erinnert die Kaiserliche Akademie der Wissenschaften durch die Tagesblätter an die Hauptbestimmungen dieses Statuts und fordert die Gelehrten des Reichs zur Einsendung ihrer concursfähigen Schriften auf.

§ 22

Der Commission steht es frei, auch nicht von den Verfassern eingereichte gedruckte Werke in den Concurs aufzunehmen.

§ 23.

Es können nicht nur gedruckte, sondern auch handschriftliche Werke gekrönt werden; der Preis für ein gekröntes handschriftliches Werk wird jedoch nicht eher ausbezahlt, als bis dasselbe im Druck erschienen ist. Ein nicht gekröntes handschriftliches Werk wird dem Verfasser, wenn er es verlangt, zurückgegeben; in einem solchen Falle kann aber die Akademie, wenn sie es für nothwendig erachtet, eine Abschrift davon zurückbehalten zur Aufbewahrung bei den Acten.

§ 24.

Die Zuerkennung des Preises erfolgt durch die biologische Section der physico-mathematischen Klasse der Kaiserlichen Akademie der Wissenschaften, die beim Schlusse jedes Concurses unter dem Vorsitz des ältesten Mitgliedes als Commission *ad hoc* zusammentritt.

§ 25.

So lange der Geheimrath K. E. von Baer, Ehrenmitglied der Akademie, lebt, führt er den Vorsitz in der Commission.

§ 26.

Besteht die biologische Section aus weniger als fünf Mitgliedern, so ergänzt die physico-mathematische Klasse der Akademie aus ihrer Mitte oder von aussen her die Commission bis zu dieser Minimal-Zahl.

§ 27.

Eine solche zur Fällung eines endgültigen Urtheils berechtigte, aus mindestens fünf Mitgliedern bestehende Commission kann, wenn sie es für zweckmässig erachtet, ein zum Concurs eingereichtes Werk auch einem nicht zur Commission gehörenden Gelehrten zur Begutachtung übergeben. Ein solcher von der Majorität der Commission erwählter Recensent wird dadurch zum stimmfähigen Mitglied der Commission und muss zu jeder Sitzung derselben eingeladen werden.

§ 28.

Zu einem gültigen Urtheilsspruch ist, mit Ausnahme des in § 9 erwähnten Falles, absolute Stimmenmehrheit erforderlich. Bei Stimmengleichheit entscheidet der Vorsitzende.

§ 29.

Das Recht Abänderungen in diesem Statut vorzunehmen, hat nur die Kaiserliche Akademie der Wissenschaften; dieses Recht steht ihr jedoch nur in dem Falle zu, wenn irgend eine Bestimmung dieses Statuts im Laufe der Zeit sich als unausführbar erweisen sollte.

Bericht über die zum Baer'schen Jubiläum beim Akad. O. Böhtlingk bis zum 1. Februar 1865 eingegangenen Gelder.

Eingegangene Beiträge nebst Angabe der diesen Beiträgen entsprechenden, den Spendern zukommenden Anzahl von Bronze-Medaillen.

	Rbl.	Kop.	Med.
Durch den General-Adjutanten Admiral Fr. v. Lütke	401	—	34
» » Geheimrath G. v. Brevern	623	—	10
» » » Dr. C. Rosenberger	782	—	106
» » » E. Lenz	83	—	18
» » beständigen Secretair der Kaiserl. Akademie der Wissenschaften, K. Vesselofski	247	—	33
» » Akademiker O. Böhtlingk	241	—	43
» » » A. Schiefner	50	—	13
» » » Ph. Owsjannikow	151	—	8

	Rbl.	Kop.	Med.
Durch Dr. B. Busch	42	—	13
» Prof. Al. Butlerow in Kasan	134	—	30
» Dr. N. Chreptowitsch in Cherson	7	—	1
» Dr. Croessmann in Reval	240	—	58
» Pastor H. Dalton	20	—	3
» den Präsidenten der medico-chirurgischen Akademie P. Dubowizki	102	—	14
» die Eggers'sche Buchhandlung	78	—	12
» den Hofrath Carl Freytag	12	—	4

	Rbl.	Kop.	Med.
Durch Dr. Froebelius	204	—	38
» Dr. Justus Gebauer in Narwa	86	—	21
» den Wirklichen Staatsrath C. v. Gernet	80	—	3
» » Vice-Admiral G. v. Glasenapp	58	66	11
» den Wirklichen Staatsrath E. Haffner in Riga	38	35	13
» » General-Major E. Hofmann (in Livland gesammelt)	59	—	17
» den Rector der Kiewer Universität, N. Iwanischew	56	43	14
» Pastor Jürgensen	59	—	7
» den Curator der Dorpater Universität, Grafen A. v. Keyserling	406	—	34
» » Rector der Charkower Universität, Wl. Kotschetow	44	—	6
» Dr. Fr. Kreutzwald in Werro	10	—	3
» den Wirklichen Staatsrath Dr. A. Lang in Kronstadt	29	70	9
» » Director W. Lemonius	43	—	9
» » » C. May	36	—	5
» Dr. Fr. Meyer, Redacteur der deutschen Zeitung (1000 Rbl. vom Geheimrath Baron Stieglitz)	1229	—	12
» den Wirkl. Staatsrath Dr. E. Meyer in Reval	120	—	28
» » Akademiker A. v. Middendorff (zumeist in Riga gesammelt)	130	—	31
» » Director Dr. Nauck in Riga	77	—	15
» » Professor A. Nordmann in Helsingfors	40	—	11
» Herrn K. Osse in Astrachan	106	—	10
» Dr. Posselt	20	—	2
» Dr. G. Radde in Tiflis	106	—	10
» den Director L. Radloff	98	—	30
» » Vicepräsidenten der Entomologischen Gesellschaft, Oberst O. Radoschkowski	194	—	17
» » Director des botanischen Gartens, Dr. E. Regel	36	—	8
» » Secretair der Naturforschenden Gesellschaft in Moskau, Dr. Renard	135	—	24

	Rbl.	Kop.	Med.
Durch Herrn H. Samson v. Himmelstiern (gesammelt in der St. Petersburger deutschen Gesellschaft)	28	—	3
» den Contre-Admiral S. Seljonoi	42	—	11
» Herrn Johann Sievers	59	—	11
» Dr. Alexander Strauch	92	—	12
» den Director der Pulkowaer Sternwarte, O. Struve	105	—	8
» » Bischof Chr. Ulmann	100	—	12
» Dr. Fr. Wagner in Odessa	145	—	12
» den Lieutenant P. Walront (im Seecorps gesammelt)	49	—	13
» den Akademiker Weljaminow-Sernow	16	—	3
» » Director Dr. H. Wiedemann	40	—	11
» » Contre-Admiral St. Wojewodski I. in Astrachan	403	5	54
» » Secretair der Kaiserl. Geographischen Gesellschaft	84	—	22
» das Medicinaldepartement	4	95	—
» den Archangel'schen Medicinalinspector	5	—	—
» » Kasan'schen »	26	—	8
» » Pskow'schen »	16	—	—
» » Saratow'schen »	13	—	2
» » Tobolskischen »	12	—	3
» » Tschernigow'schen »	20	—	4
» » Wjatka'schen »	44	—	13
» » Divisionsdoctor der 11ten Infanterie-Division M. Boguschewski in Kremenez (Gouv. Wolynien)	10	—	—
» » Divisionsdoctor der 12ten Infanterie-Division in Balta (Gouv. Podolien)	10	—	—
» » Divisionsdoctor der 32sten Infanterie-Division Coll.-Rath Warlitz in Kijew	8	—	—

	Rbl.	Kop.	Med.
Von der Livländischen Ritterschaft (durch das Landrathscollegium)	150	—	1
Vom Kurländischen Ritterschaftscomité	100	—	1
Von der Kurländischen Gesellschaft für Literatur und Kunst	50	—	1

	Rbl.	Kop.	Med.
Vom Kurländischen Provincialmuseum	50	—	1
» Apotheker Becker in Torshok	3	—	1
» Provisor M. Bjewolski in Nowaja Praga	3	—	1
» Archiater Bonsdorff in Helsingfors	5	—	1
Von Dr. Christianow in Letitschew (Gouv. Podolien)	3	—	1
» Prof. L. Cienkowski	5	—	1
» Dr. E. Jaesche in Moskau	5	—	1
» Dr. Janewski-Janewitsch in Stariza (Gouv. Twer)	5	45	1
» Herrn D. Michailow in Gatschina	3	—	1
» Dr. M. Njewsorow in Torshok	5	—	1
» Dr. Rosentreter in Borissoglebsk (Gouv. Tambow)	1	—	—
» Dr. N. Sawtschenko in Surash (Gouv. Witebsk)	4	—	1
» Herrn M. J. H. Schnitzler in Strasburg	2	—	—
» » N. v. Seidlitz in Tiflis	25	—	1
» Prof. Nic. Sokolow	5	—	1
» Herrn I. Sokolow, Lehrer in Kostroma	5	—	1
» Dr. Ucke in Samara	10	—	1
Vom Provisor Ukrinski in Cherson	5	—	1
Von Dr. N. Woskressenski in Jadrinsk (Gouv. Kasan)	3	—	1
Vom Oberarzt des 10ten Nowgoroder Dragonerregiments I. K. H. der Grossfürstin Helena Pawlowna in Kowel (Gouvern. Wolynien)	3	—	1
Von den Aerzten des Odessaer Regiments Seiner Hoheit des Herzogs von Nassau in Dubno (Gouv. Wolynien)	6	—	—
	8502	59	1011
Zinsen darauf (bis zum 1. Februar 1865):			
a) gehobene	107	64	
b) nicht gehobene	178	87	
Summa	8789	10	

	Rbl.	Kop.
1. Das Schneiden der Medaille und das Prägen 1 goldenen, 5 silberner und 425 bronzener Medaillen*)	964	50
2. Fest angelegtes Kapital (на имя капитала премiи Бэра):		
423 Rubel 50 Kop. jährlicher Renten	6682	75
Zinsen bis zum 1. Februar 1865	160	87
3. Flüssiges Geld:		
in 4procentigen Bankbilleten (Métalliques)	900	—
Zinsen darauf bis zum 1. Februar 1865	18	—
in baarem Gelde	62	98
Summa	8789	10

Die unter 2. und 3. aufgeführten Kapitalien werden im Verwaltungscomité der Kaiserlichen Akademie der Wissenschaften aufbewahrt.

*) Für 595 bestellte, aber noch nicht erhaltene bronzene Medaillen werden 595 R. 50 K. zu zahlen sein.

VERZEICHNISS

DER

PERSONEN UND KÖRPERSCHAFTEN,

WELCHE

ZU DER BAER'SCHEN STIFTUNG BEIGETRAGEN HABEN.

Ihre Kaiserl. Hoheit die Grossfürstin Helena Pawlowna.

Ihre Kaiserl. Hoheit die Grossfürstin Katharina Michailowna.

Seine Grossherzogliche Hoheit der Herzog Georg zu Mecklenburg.

Die ehstländische Ritterschaft.

Die livländische Ritterschaft.

Das kurländische Ritterschaftscomité.

Die kurländische Gesellschaft für Literatur und Kunst.

Das kurländische Provincialmuseum.

Gouvernement Archangel.

Berg, Dr. Nic., Inspector der Medic. Verwaltung zu Archangel.

Chodzko, Adolf, Kreisarzt zu Pinega.

Satwornitskij, Alex., Operat. der Medic.-Verw. zu Archangel.

Stern, Johann, Accoucheur der Medic.-Verw. zu Archangel.

Gouv. Astrachan.

Achwerdow, Iwan.

Agababow, Grigorij Artemjewitsch.

Aghabab, Petros.

Agistschew, Andrei, Conductor.

Alexejew, Charlampij Iwanowitsch, Obrist.

Amossow, Grigorij, Capitain.

Assaturow, Awet Kalustowitsch.

Bajalow, Sabac.
Balabanow, Michail Stepanowitsch.
Bjelousow, Phil., Fähnrich.
Blokow, Alexei, Stabscapitain.
Borissow, Wlad., Marine-Lieutenant.
Borosdin, Nikolai Alexandrowitsch, Coll.-Ass.
Brylkin, Dmitrij, Capit.-Lieut.
Brylkin, Ilja, Marine-Lieut.
Burkin, Aleksei Petrowitsch, Kaufmann.
Dawydow, Alex. Alexandr., Cap. 1. Ranges.
Doronin, Jegor, Coll. Registrator.
Edilchanow, Michail, Coll.-Secretair.
Fedorow, Grig. Iwanowitsch, Capitain.
Fortakow, I.
Frangulow, Iwan Jakowlewitsch.
Göhring, Alexei, Marine-Lieut.
Gurdow, Wassilij, Midshipman.
Hodshanow, Grigorij Bogdanowitsch.
Hornhöfer, Nic., Lieut.
Iwanow, Haruthiun.
Iwanow, Theophan.
Jakowlew, P.
Jerschow, Levkij Wassiljew., Capit. 2. Ranges.
Jewdaschew.
Koljasow.
Komarow, Constantin.
Koshewnikow, M.
Koskull, Fedor Fedorowitsch, Capit.-Lieut.
Kosatschkow, Nikolai Semenowitsch.
Koslow, Stepan Kusminitsch.
Kostenko, Georgij, Marine-Lieut.
Kurdow, Simon.
Makarow, Iwan K.
Molodzow, Stepan.
Maslennikow, M. A.
Mikrjukow, Victor Matwejewitsch, Contre-Admiral.
Muchanow, Sawelij Iwanowitsch, Kaufmann.
Naryshenkow, Andr., Lieut.
Nedoresow, Asaf.
Osse, Karl Iwanowitsch, Coll.-Secr.
Osorow, Dowertelo.
Palzew, Stepan Gurjewitsch, Kaufmann.
Pantschenko, Jelissei Charlampijew., Staatsrath.
Pawlowskij, Wladimir, Coll.-Secr.
Pastuchow, Wardan.
Petrow, Nicolai, Second-Lieut.
Pimenow, Philipp, Stabscapit.
Platonow, Victor Jakowlewitsch, Kaufmann.
Pöltzig, Octavius Ottonowitsch, Obrist-Lieut.
Popow, Kaufmann.
Popow, Stephanos.
Ristori, Pawel Ossipowitsch, Capit. 2 Ranges.
Rogoshin, Leonid Iwanowitsch, Arzt.
Saborowskij, Wassilij, Lieut.
Sagadkow, Iwan.
Salnikow, Stepan, Lieut.
Saposhnikow, Alexander.
Sawin, Alexander Alexandrowitsch, Capitain.
Sawinitsch, Michail Iljitsch, Capit. 1. Ranges.
Sawinow, Nikolai Trofimowitsch, Kaufmann.
Schafijew, Adsbi Shiwat.
Schaposchnikow, Peter Kondratjew., Kaufmann.
Sergejew, Nikita Dan., Ehren-Curat. d. Astr. Gymn.
Swjeschnikow, Iwan Iwanowitsch, Capit.-Lieut.
Teschetow, Jegor.
Tumilo-Denisowitsch, Alexander, Marine-Lieut.
Tutschkow, Wladimir, Lieut.
Wasjatkin, Iwan.
Wasjatkin, W.
Weiner, P. A.
Wischnjakow, Alexander Kirillow., Kaufmann.
Witte, Adolf Iwanowitsch, Hofrath.
Wojewodskij 1., Stepan Wassiljew., Contre-Adm.
3 Ungenannte.

Charkow.

Czernay, Alexander Vikentjewitsch, Prof., Wirkl. Staatsrath.

Demoncy, Karl Alex., Prof., Wirkl. Staatsrath.

Grube, Wilhelm, Prof.

Kotschetow, Wladimir Akimowitsch, Wirkl. Staatsrath, d. Z. Rector.

Kossow, Ildefons Kasimirow., Prof., Staatsrath

Lambl, Dr. Dušan Fedorowitsch, Prof.

Lasarewitsch, Iwan Pawlowitsch, Prof., Hofrath.

Lewakowskij, Iwan Fedorowitsch, Prof.

Maslowskij, Alexei Franzowitsch, Prof.

Pitra 1., Albert Samoilowitsch, Prof.

Pitra 2., Adolf Samoilowitsch, Prof.

Sokolow, Iwan Dmitrijewitsch, Prof., W. Staatsr.

Stschelkow, Iwan Petrowitsch, Prof.

Gouv. Cherson.

Bjewolskij, M., Tit.-R., Provisor in Nowaja Praga.

Grofe, Adolf Alexandr., Kreisarzt in Alexandria.

Gussakowskij, Nik., Provisor.

Lindemann, Dr. Eduard, in Jelisawetgrad.

Schatz, Alexander, Provisor.

Ukrinskij, Provisor.

Nikolajew.

Bjeloussow, Alexander, Hofrath.

Dahl, Wladimir Iwanowitsch, Wirkl. Staatsrath.

Fiodorowicz, Joseph, Coll.-Rath.

Frankowski, Straton, Coll.-Rath.

Glasenapp, Gottlieb Alex. v., General-Adjutant.

Gudim-Lewkowitsch, Iwan Wass., Coll.-Rath.

Himmelreich, Heinrich, Hofrath.

Jewtuschowskij, Nik., Hofrath.

Knorre, Karl Christophor., Wirkl. Staatsrath.

Lawrentjew, Andr., Hofrath.

Leber, Zeno, Coll.-Assessor.

Pjewnitskij, Victor, Hofrath.

Pscheborskij, Pawel, Coll.-Ass.

Sokolow, Alexei, Hofrath.

Stradomskij, Wassilij, Coll.-Ass.

Taube, Nik. Fedorowitsch, Staatsrath.

Odessa.

Andrejewskij, Ernst Stepanowitsch, W. Staatsr.

Dieterichs, Dr. M., Staatsrath.

Fraenkel, A.

Heimann, Dr. V.

Lichtenstädt, Dr.

Mahss, Ernst.

Pritzkaw, Dr.

Raffalovich, H.

Raffalovich, O.

Wagner, Dr. Friedrich.

Wagner, Dr. W.

Zimmermann, Dr. Ad.

Gouv. Ehstland.

Arnold, v., zu Turpsal.

Baer, Herm. v., zu Piep.

Baggehuffwudt, C. v., zu Pergel, Landrath.

Baranoff zu Arroküll, General-Lieut.

Baranoff, C. v., zu Weinjerwen.

Baranoff, W. v., zu Penningby.

Benckendorff, H. v., zu Warrang, Landrath.

Berg, Dr., Hofrath, Stadtarzt zu Hapsal.

Boustedt, Dr. Alex., Hofrath, auf Dagden.

Bremen, C. v., zu Massau.

Dellingshausen, Baron, zu Kattentack.

Engelhardt, Baron Moritz, zu Koddasem, Landr.

Essen, M. v., zu Schloss Borckholm, Geheimrath.

Fock, Ed. v., zu Saggad, Landrath.

Gernet, A. v., Ritterschafts-Secretair.

Grünewaldt, A. v., zu Orrisaar, Landrath.

Guthan, Hofrath, Arzt in Leal.
Haller, Dr. A., Hofrath, in Hanehl.
Harpe, C. v., zu Kaulep.
Hoffmann, Dr. O., Hofrath, in St. Simonis.
Hunnius, Dr. Carl, Coll.-Rath, in Hapsal.
Kupffer, Dr. Adolf, in Ampel.
Lilienfeld, O. v., zu Saage, Landrath.
Lilienfeld, A. v., zu Alp.
Manteufel, Graf C., zu Lautel. †
Mühlen, A. von zur, zu Piersal.
Mühlen, Ferd. von zur, zu Waldhast.
Pahlen, Baron A. von der, zu Wait, Ritterschaftshauptmann.
Ramm, J. v., Obrist, zu Wichterpal.
Ramm, N. v., Landwaisengerichts-Secretair.
Rinne, Dr. Carlos, Hofrath, Badearzt zu Hapsal.
Rosen, Baron W., zu Kostifer.
Rosenthal, L. U. v., zu Sipp.
Samson, Ferd. v., zu Tula, Landrath.
Schilling, Baron A., zu Seinigal.
Schonert, A. v., zu Kebbel, Ritterschaftssecretair.
Schubert, Alex. v., zu Viol.
Taube, O. v., zu Jerwakant, Landrath.
Toll, Baron R. v., auf Kuckers.
Ungern-Sternberg, Baron C. A., zu Annia.
Ungern-Sternberg, Baron Ewald, zu Grossenhoff.
Ungern-Sternberg, Baron Theodor, zu Noistfer, Landrath.
Uexkull, Baron Boris, zu Alt-Fickel.
Uexkull, Baron C., zu Walk.
Wartmann, H. v., zu Hasik.
Wilcken, auf Chudleigh.
Wrangell, Baron, zu Huil.

Reval.

Ackermann, Ed., Gouvernements-Postmeister.
Rätge, Ernst, Bürgermeister.
Berg, Dr. Carl.
Berting, A., Inspector des Gymnasiums.
Beyersdorff, Staatsrath.
Bock, Hofrath, Flottarzt.
Böhlendorff, Dr., Coll.-Rath.
Croesmann, Dr., Director der Ritter- und Domschule.
Dehio, Dr., Coll.-Rath.
Ebeling, Dr. H., Oberlehrer an der Ritter- und Domschule.
Eggers, Alexander.
Ehrenbusch, Dr. G., Wirkl. Staatsrath.
Falk, H. H., Flottarzt, Coll.-Ass.
Gahlnbäck, Dr., Gouv.-Schuldirector.
Galindo, C. de, Coll.-Rath.
Girard v. Soucanton, Arthur.
Girard v. Soucanton, J. C.
Gleiss, Garlieb, Rathsherr.
Gloy, Georg v., Bürgermeister, Hofrath.
Gloy, Georg v., Consistorial-Secretair.
Grebe, Leonhard, Oberlehrer an der Ritter- und Domschule.
Hansen, Gotthard, Oberlehrer am Gymnasium.
Hanson, H., Wiss. Lehrer am Gymnasium.
Hoeppener, Dr. Carl, Coll.-Rath.
Hörschelmann, Dr. Ed.
Jordan, C. A., Hofrath.
Jordan, P., Wiss. Lehrer am Gymnasium.
Koch, Alex., Oberlandgerichts-Advocat.
Lais, C., Oberlehrer am Gymnasium.
Luther, A. W., Rathsherr.
Mayer, C. A.
Mayer, Wilhelm.
Mayer, Woldemar.
Meyer, Dr. Eduard, Wirkl. Staatsrath. †
Mickwitz, Dr. Leopold, Hofrath.
Moritz, Dr. Wilhelm, Coll.-Rath.

Muller, C., Coll.-Rath, Oberlehrer an der Ritter- und Domschule.
Neimandt, A., Chemiker.
Norks, Jacob, dim. Gymnasial-Inspector.
Riesemann, Oscar v., Magistrats-Syndicus.
Rogenhagen, Dr. Carl.
Rosenfeldt, C. F., Oberlehrer am Gymnasium.
Samson v. Himmelstjerna, Dr. Wold., Hofrath.
Weisse, Robert, Rathsherr.
Weiss, Dr. Karl.
Winkelmann, Dr. E., Oberlehrer an der Ritter- und Domschule.
Wrangell, Baron Wilh., Generallieutenant.

Helsingfors.

Arppe, Dr. A. E., d. Z. Rector der Alexander-Universität.
Becker, Dr. Fr. J. v., Prof.
Bergholm, Florentin Wilhelm, Lehrer der Gymnastik.
Bonsdorff, Dr. E. J., Archiater.
Bruner, Eduard af, Professor.
Geitlin, Dr. Gabriel, Prof.
Hjelt, Dr. O., Prof.
Lönnrot, Dr. Elias, Prof. emer., Canzellei-Rath.
Munck, Joh. Reinhold v., General der Infanterie, Vice-Canzler der Universität.
Nordmann, Dr. Alex. v., Prof., Wirkl. Staatsrath.
Rein, Dr. Gabriel, Canzellei-Rath.

Gouv. Kasan.

Agrowskij, Mich. Dmitr., Kreisarzt in Laischew.
Bolzani, Ossip Antonow., Coll.-Rath, Prof.
Bulitsch, Nikolai Nikititsch, Staatsrath, Prof.
Butlerow, Alex. Michail., Staatsrath, Prof.
Cholmogorow, Iwan Nikol., Coll.-Rath, Prof.
Danilewskij, Dr. Alex. Jakowl., Prof.
Fatjanow, Studiosus.
Grabe, Apotheker.
Hellmann, Alex., Apotheker.
Hellmann, Ernst, Apotheker.
Ilminskij, Nik. Iwan., Prof., Coll.-Rath.
Jakowlew, Candidat.
Janischewskij, Ernst Petrowitsch, Prof., Hofrath.
Koslow, Alexander Ilarionow., Prof., Staatsrath.
Kotelnikow, Peter Iwanow., Prof., W. Staatsrath.
Kowalski, Marian Albertow., Prof., Staatsrath.
Kriwoschapkin, Mich. Fomitsch, Hofrath.
Langell, Robert Andrejewitsch, Docent.
Lohmann, Conservator am Museum.
Manuilow, L. M., Arzt.
Mestow, Iwan Iwan., Kreisarzt in Tscheboksary.
Mikszewicz, Julij Antonowitsch, Prof., Hofrath.
Morkownikow, Wladimir Wassiljew., Laborant.
Nikolskij, P. W., Arzt.
Ossokin, Jewgraf Grigorj., Rector, Staatsrath.
Petrow, Dr. Alex. Wassiljew., Docent.
Saizew, Laborant.
Schestakow, Peter Dmitr., Wirkl. Staatsrath, Curator-Gehülfe.
Shilin, Sergei Nikol., Kreisarzt in Tsiwilsk.
Söderstädt, Iwan Iwanowitsch, Prof., Coll.-Rath.
Sokolow, Alex. Wassiljewitsch, Prof., Coll.-Rath.
Sutkowskij, Lew Fomitsch, Prof., Staatsrath.
Stscherbakow, Laborant.
Troitskij, Ch. S., Arzt.
Tschebyschew-Dmitrijew, Alex. Pawl., Docent.
Tschugunow, Andrei Kirillowitsch, Prof.
Wagner, Nik. Petrowitsch, Prof.
Wagner, Peter Iwanowitsch, Prof., W. Staatsrath.
Winogradow, Iwan Wassiljewitsch, Kreisarzt in Mamadysch.
Winogradow, Nik. Andrejewitsch, Prof.
Woskressenskij, Nik. Alex., Kreisarzt in Jadrin.

Kijew.

Awsjejenko, Wass., Candidat, Docent.

Bunge, Nik. Christ., Prof., Wirkl. Staatsrath.

Döllen, Alex. Karlow., Prof. emer., Staatsrath.

Feofilaktow, Const. Matwej., Prof., Staatsrath.

Gorecki, Ludwig Kasimirowitsch, Prof.

Hübbenet, Christ. Jakowl. von, Prof., Staatsrath.

Iwanischew, Nik. Dmitr., Rector, W. Staatsrath.

Karawajew, Wlad. Afanas., Prof., W. Staatsrath.

Kosakewitsch, P., Prosector-Gehülfe.

Lapski, Alexander.

Mering, Dr. Friedrich, Prof.

Nemetti, Eduard.

Nesabitowskij, Wassili Andr., Prof.

Neukirch, Iwan Jakowlew., Prof. emer., Wirkl. Staatsrath.

Rogowitsch, Afanas. Semenow., Prof., Staatsrath.

Schidlowskij, Andr. Petr., Prof., Staatsrath.

Szymanowski, Julij Karlowitsch, Prof.

Talysin, Matwej Iwanowitsch, Prof., Staatsrath.

Tjutschew, Iwan Artam., Prof.

Walther, Alexander Petrow., Prof., Staatsrath.

Warlitz, Dr., Coll.-Rath, im Namen der Aerzte der 32sten Infanterie-Division.

Kostroma.

Sokolow, Iwan, Lehrer am geistl. Seminar.

Gouv. Kurland.

Bursy, Dr., Wirkl. Staatsrath, in Mitau.

Gouv. Livland.

Anrep, R. v., von Lauenhof.

Götte, Alexander, Stud. med.

Kreutzwald, Dr. Friedrich, in Werro.

Rambach, Dr. Joh. Jac., W. Staatsrath, in Pernau.

Ritter, Dr. Sebastian, in Kosse.

Rodde, A. H., in Pernau.

Sivers, A. v., } von Euseküll.
Sivers, F. v., }

Stryk, F. v., von Morsel.

Theol, Dr., in Helmet.

Wilde, E., in Werro.

Dorpat.

Adelmann, Dr. G., Prof., Wirkl. Staatsrath.

Alexejeff, Mag. Pawel Petrowitsch, Protohierei.

Bidder, Dr. Fr., Prof., Wirkl. Staatsrath.

Buchheim, Dr. R. F., Prof., Staatsrath.

Bulmerincq, Dr. Aug., Prof., Coll.-Rath.

Bunge, Dr. Al., Prof., Wirkl. Staatsrath.

Christiani, Dr., Prof., Staatsrath.

Engelhardt, Dr. M. v., Prof., Coll.-Rath.

Engelmann, Mag. Joh., Prof.

Flor, Dr G. J., Prof.

Graff, Dr. Hermann, Docent.

Grass, Dr. Theodor, Prof.

Grewingk, Dr. Const., Prof., Coll.-Rath.

Helmling, Dr. P., Prof., Staatsrath.

Kämtz, Dr. L., Prof., Staatsrath.

Keyserling, Graf Alex., Curator.

Kupffer, Dr. K., Prof., Hofrath.

Meykow, Dr. Ottomar, Prof., Staatsrath.

Oettingen, Dr. Arthur v., Docent.

Oettingen, Dr. Georg v., Prof., Staatsrath.

Paucker, Mag. C., Prof., Coll.-Rath.

Petzholdt, Dr. A., Prof., Staatsrath.

Rathhaus, Karl, Universitätsarchitect, Coll.-Ass.

Reissner, Dr. E., Prof., Coll.-Rath.

Rosberg, Dr. M., Prof. emer., Wirkl. Staatsrath.

Rummel, Dr. C. F. v., Prof., Staatsrath.

Sahmen, Dr. H., Coll.-Ass.

Samson v. Himmelstjerna, Dr., Prof., W. Staatsrath.

Schirren, Dr. C., Prof., Hofrath.

Schmidt, Dr. Alex., Docent.
Schmidt, Dr. C., Prof., Staatsrath.
Wachsmuth, Dr. A., Prof.
Weyrich, Dr. V., Prof., Hofrath.

Fellin.

Faber, Emil, Syndicus.
Krüger, Libor., Pastor.
Lang, Dr. Alexander.
Meyer, Dr. Ed., Hofrath.
Paulson, A., Lehrer.
Radloff, Richard.
Sewigh, J., Civilingenieur.
Schoeler, E. H.
Schmidt, G.
Wiedemann, Const., Schulinspector, Coll.-Ass.

Riga.

Baer, Julius.
Berent, A., Hofgerichts-Advocat.
Berent, Dr. J. A.
Berg, G. E., Rathsherr.
Berkholz, Arend, Hofrath, Rathsherr.
Berkholz, G., Stadt-Bibliothekar.
Brackel, Dr. G. v.
Brauser, Dr. J.
Brutzer, Dr. C. E., Staatsrath.
Buchholtz, Dr. A.
Buhse, Dr. F. A.
Büngner, R., Hofgerichts-Advocat.
Cruse, Dr. V. v.
Cumming, J.
Dahl, Dr. W. v.
Dännemark, A., Rathsherr.
Deeters, Dr. H.
Deubner, C.
Engelhardt, Dr. O. R. v.
Faltin, A., Rathsherr.
Götschel, E. v.
Gottfriedt, Oberlehrer.
Gross, C., Bürgermeister.
Grüner, Dr. A. G.
Günther, E.
Gyldenstubbe, P. v., Gouv.-Postmeister, W. Str.
Haffner, Ed., Wirkl. Staatsrath.
Haken, Dr. E.
Hartmann, Dr. A.
Hernmarck, G. D., Rathsherr.
Hillner, W., Oberpastor.
Hollander, Dr. G.
Holm, Dr. C. H.
Irmer, Dr. Th. v.
Jenny, Dr. R. F.
Kerkovius, Dr. J. P.
Kersting, Dr. R.
Koffsky, Dr. R.
Krannhals, A., Gouv.-Schuldirector, Staatsrath.
Lerche, Dr. C.
Mercklin, Dr. E. F. v., Coll.-Rath.
Müller, Otto, Bürgermeister.
Napiersky, Leonh., Coll.-Ass.
Nauck, Dr. E., Director des Polytechnicums.
Oettingen, A. v., W. Staatsrath, Civilgouverneur.
Panin, Dr. A.
Peltz, A., Coll.-Assessor.
Plikatus, Dr. J.
Poelchau, P. A., Superintendent.
Poelchau, Dr. G. P.
Pychlau, R., Rathsherr.
Reichard, Dr. W. v.
Röder, Alb., Hofgerichts-Advocat.
Sackenfels, A.
Schilling, R.
Schnackenburg, Dr. F. W.

Schwartz, J. C., Bürgermeister.

Seeck, Dr. J.

Seeler, Dr. C. F.

Thilo, A.

Wagner, Dr. H.

Waldhauer, Dr.

Westberg, C. G., Bürgermeister.

Moskau.

Auerbach, J., Hofrath.

Braschmann, N., Wirkl. Staatsrath.

Bunge, Al. Christoph., Bibliothekar.

Chandrikow, Mag. Mitrof. Feodorowitsch.

Davidoff, Dr. Aug., Prof., Staatsrath.

Dieckhoff, Heinrich, Pastor.

Ferrein, C., Apotheker.

Fischer v. Waldheim, Dr. Al., Prof., W. Staatsrath.

Hermann, Rudolph.

Iljenko, Pawel Antonowitsch, Prof.

Jaenichen, Dr., Staatsrath.

Jaesche, Dr. Emil, Hofrath.

Jerschow, Alexander Stepan., Mag., Staatsrath.

Kaufmann, Nik. Nik., Mag., Docent.

Kittary, Modest Jakowl., Prof., Staatsrath.

Korobtschewskij, Alex. Nik., Prosector-Gehülfe.

Lindemann, Dr. Carl.

Ljubimow, Nik. Alex., Prof.

Renard, Dr. Karl, Staatsrath.

Schweizer, Dr. G., Prof., Coll.-Rath.

Shelesnow, Nik. Iwanowitsch, Wirkl. Staatsrath.

Stschurowskij, Grig. Jefim., W. Staatsr., Prof.

Trautschold, Hermann, Coll.-Rath.

Weinberg, Jakow Ignatjewitsch, Hofrath.

Zinger, Wass. Nik., Mag., Docent.

Gouv. Perm.

Rubzow, Pawel Petrowitsch, Ingenieur-Capitain.

Gouv. Podolien.

Boguschewskij, Mich., Divisionsarzt der 11. Infanterie Division, Staatsrath.

Botschwar, Mich., Batallionsarzt des Regim. Kamtschatka, Coll.-Ass.

Boshenow, Pet., Batallionsarzt des Jakut. Regim., Coll.-Ass.

Christianow, Const., Stabsarzt des 10. Husarenregiments in Letitschew.

Dieberg, Medic.-Inspector in Kamenetz-Podolsk.

Dreling, Franz, Oberarzt des Kamtschatkaschen Regiments, Hofrath.

Kostin, Wass., Oberarzt des Jakut. Reg., Hofrath.

Krutikow, Wass., Batallionsarzt des Selenginschen Regiments, Coll.-Ass.

Orofjonow, Const., Batallionsarzt des Seleng. Regiments, Coll.-Ass.

Wladimirskij, Dmitr., Batallionsarzt des Jakutschen Regiments, Coll.-Ass.

Mehrere Medicinal-Beamte der 12. Infant.-Divis.

Gouv. Pskow.

Arronet, Dr. Georg.

Baumwald, Karl Ossipowitsch.

Bolschakow, Iwan Prochor., Stadtarzt in Ostrow.

Furcht, Eduard Alex., Stadtarzt in Welikije Luki.

Hanecke, Dr., Matwei Bogdanowitsch, Staatsrath.

Hermann, Karl Iwan., Kreisarzt in Porchow, Hofr.

Hoheisel, Ulrich Karlowitsch.

Ignatowitsch, Iwan Ignatjewitsch.

Jakubowski, Anton Ant., Kreisarzt in Welik. Luki.

Kolenda, Iwan Mart., Kreisarzt in Ostrow, C.-Ass.

Lamberty, Dr. Eugen Plato, Stadtarzt in Toropetz.

Malicki, Reinhold Iwanowitsch, Hofrath.

Meyer, Karl Leontjewitsch.

Noltein, Georg, Kreisarzt in Pleskau.

Pjeschnikow, Peter Jakimowitsch.

Potjechin, Constantin Antonowitsch.
Rauch, Cornelius Antonowitsch.
Reimann, Maximilian Iwanowitsch.
Rydzewski, Alexander Ludwigowitsch.
Salemann, Karl Jegorowitsch.
Salemann, Wassilij Karlowitsch.
Schultz, Alex. Karlowitsch.
Treuer, Wladimir Awgustowitsch.
Voigt, Robert Bogdanowitsch.
Wichert, Eduard Fedorowitsch.

Samara.

Ucke, Dr. Jul. Wilh., Hofrath.

Gouv. St. Petersburg.

Clare, Dr. W., Hofrath, in Zarskoje Selo.
Kupffer, Dr. Karl Woldemar, in Zarskoje Selo.
Michailow, D., in Gatschina.
Stephani, Dr. Swjatosl., Coll.-R., in Oranienbaum.

Kronstadt.

Bealer, Dr. N. G. D., Hofrath.
Berens, E., Contre-Admiral.
Blagowestschenskij, Wass. Iwan., Hofrath.
Hübner, L.
Lang, Adam Jak., Wirkl. Staatsrath.
Lehmkuhl, Dr. A., Hofrath.
Rossalewski, Anton Fedorowitsch, Coll.-Ass.
Sadokow, Platon Iwanowitsch, Coll.-Ass.
Schönberg, Alexander, Staatsrath.
Schwank, Dr. Th. Ferd., Hofrath.
Taube, Baron Wass. Fed., Contre-Admiral.
Trentovius, Dr. Heinrich, Coll.-Rath.
Woge, Hugo, Hofrath.

Narva.

Bader.
Beck, William.
Bistram, Ardalion v.
Bolton, A., Consul.
Brasche, Dr. N., Coll.-Assessor.
Bulmerincq, A.
Cramer, Georg.
Frese, Th.
Gebauer, Dr. Justus, Staatsrath.
Gendt, R. E., Consul.
Gendt, W. R., Cand. phil.
Grünberg, Robert.
Hansen, Heinrich, Aeltermann der grossen Kaufmannsgilde.
Hunnius, C., Pastor.
Kranck, Dr. Al., Stadtphysicus.
Sutthoff, E. v., Rathsherr.
Sutthoff, Ed.
Tannenberg, Ferd. Gottl., Pastor.
Vogt, E., Rathsherr.
Wibbelmann, H., Bürgermeister.

St. Petersburg.

Adamow, Alex. Alexandrowitsch, Oberlehrer am Larinschen Gymnasium.
Agamonow, Mich. Andr., Obrist.
Albrecht, Michael, Marine-Arzt, Hofrath.
Alymow, Ilja Pawlowitsch, Marine-Lieut.
Andrejew, Alex. Petrow., Capit.
Arnheim, Carl, Oberlehrer am 2. Gymnasium.
Ase, Dr. Christoph. Andrejewitsch.
Auning, C. Rob.
Baeckmann, Ludwig, Pastor zu St. Catharina.
Ballion, Ernst, Coll.-Rath.
Baer, Aug. v., Capit.-Lieut.
Bary, Dr. Ed., Hofrath.
Basilewskij, Th.
Baumgarten, Al. Karl. v., General.-Lieut.
Beketow, Andrei Nikol., Prof.

Belau, Dr. Alex. †
Beljewskij, K.
Benezet, H., Hofrath.
Berg, Ernst v., Hofrath.
Bergsträsser, Karl Fedorow., Wirkl. Staatsrath.
Berval, Dr. Petr., aus Staraja Russa
Besobrasow, Wlad. Pawlow., Akad., W. Staatsrath.
Biljarskij, Peter Spirid., Akademiker.
Bjelawjenetz, Iwan Petrow., Capit.-Lieut.
Blaramberg, Iwan Fedor., General-Lieut.
Blessig, Dr. R.
Bogojawlenskij, Michael Maximow., Director der Commerzschule, Staatsrath.
Böhl, Eduard, Gouvern. am 3. Gymnasium.
Böhtlingk, Al.
Böhtlingk, O., Akademiker, Wirkl. Staatsrath.
Bonenblust, Franz.
Booth, A., Mitglied der Entomolog. Gesellschaft.
Borissow, Alex. Iwanow., General-Major.
Brandt, Edmund.
Brandt, Joh. Fried., Akad., Wirkl. Staatsrath.
Bredow, Dr.
Brevern, G. v., Geheimrath.
Bröcker, Alex., Coll.-Ass.
Brömme, A.
Brosset, Marie Fel., Akad., Wirkl. Staatsrath.
Bruckner, Dr. Alex.
Bunge, Georg Fr. v., Wirkl. Staatsrath.
Bunjakowskij, Victor Jak., Akad., Wirkl. Staatsr.
Busch, Dr. Bogdan Iwan., Staatsrath.
Busch, Eduard Pawl., Coll.-Rath.
Busch, Dr. Agathon, Wirkl. Staatsrath.
Buttig, Dr. W., Coll.-Rath.
Buschen, Arthur Bogd. v., Hofrath.
Bytschkow, Fedor Fedorowitsch, Oberlehrer am 2. Gymnasium.
Cantzler, Dr., Herm., Wirkl. Staatsrath.
Capello, Renat. Casparowitsch, Hofrath.
Chanykow, Nikolai Lwowitsch, Capitain-Lieut.
Chanykow, Nikolai Wass., Marine-Lieut.
Chanykow, Nik. Wladim., Wirkl. Staatsrath.
Chwolsohn, Dr. Daniel Abram., Prof.
Chwostow, Jossif Andr., Marine-Lieut.
Conradi.
Cramer, Nic.
Crichton, Wass. Petrowitsch, Wirkl. Staatsrath.
Cröger, Carl Ludwig.
Dalton, Hermann, Pastor.
Danilewskij, Nik. Jak., Coll.-Rath.
Daschkow, Andr. Dmitrijewitsch.
Daschkow, Dmitrij Dmitrijewitsch.
Dell, Dr. Friedr. Franzowitsch, Hofrath.
Deljanow, Iwan Dawyd., Geheimrath.
Dencker, Dr. Christ., Coll.-Ass.
Djakonow, Nik. Fed., Lehrer am 2. Gymnasium.
Dmitrijew, Al. Dmitr., Inspector des 7. Gymn.
Dobbert, Dr. E.
Döllen, Wilh., Hofrath, in Pulkowa.
Dorn, Dr. Bernh., Akad., Wirkl. Staatsrath.
Dubowitzkij, Dr. Peter Alexandr., Präsident der medic.-chir. Akademie, Wirkl. Staatsrath.
Dschuritsch, aus Taganrog.
Dutacq, J., Oberlehrer, Hofrath.
Ebeling, J. F.
Ebermann, Dr. A., Hofrath.
Eck, Dr. Wlad. Jegor., Prof., Wirkl. Staatsrath.
Eggers et Comp.
Eichwald, Dr. E., Wirkl. Staatsrath.
Etlinger, Dr. W., Staatsrath.
Ewald, Wlad. Fed., Director des 7. Gymnasiums.
Ewers, O. v., Geheimrath.
Faldermann, Ad. Franz., Oberlehrer am 2. Gymn.
Faminzyn, Mag. Andrei Sergejewitsch, Docent an der Universität.

Fedorow, Mich. Mich., Oberlehrer am 7. Gymn.
Fedorowitsch, Wass. Matw., Wirkl. Staatsrath.
Fehleisen, Baron Const.
Fehleisen, Consul.
Filippow, Nik. Nik., Hofrath.
Fischer, Dr. Bolesl. Adamow., Hofrath.
Fixsen, Dr. Karl.
Fleischmann, Friedr., Coll.-Ass.
Fraehn, R., Hofrath.
Franck, Dr., Wirkl. Staatsrath.
Freygang, Andr. Wass., Capitain 1. Ranges.
Freytag, C., Hofrath.
Fritzsche, Julius, Akad., Wirkl. Staatsrath.
Froebelius, Dr. W., Staatsrath.
Frohbeen, Dr. Leonh., Wirkl. Staatsrath.
Frohberger, Eduard, Lehrer.
Frommann, Dr. Carl, Pastor.
Fuchs, J., Mitglied der Geogr. Gesellschaft.
Gagarin, Fürst Grigorij Grigorjew., Generalmajor.
Galitzkij, Peter Pawl., Coll.-Ass.
Gauger, Dr. Carl, Geheimrath.
Gerke, A. A., Secondlieut. beim Forstcorps.
Gern, Eduard Michail.
Gernet, Karl Gustawow., Wirkl. Staatsrath.
Giers, Alex. Karlow., Geheimrath.
Glaeser, Eduard, Hofrath.
Glinka, Boris Grigorj., General-Adjutant.
Glinz, Adolf.
Golownin, Alex. Wass., Geheimrath, Staatssecr.
Golytzin, Fürst Mich. Pawl., Contre-Admiral.
Gorniskij, Dr. Const. Iwanow.
Gorkowenko, Alex. Step., Capitain 1. Ranges.
Gorlow, Iwan Jakowl., Prof., Wirkl. Staatsrath.
Graefe, Hedwig, Wirkl. Staatsräthin. †
Graefe, Mag. Hermann, Oberlehrer am 3. Gymn.
Grewe, Rom. Petrowitsch, Capit.-Lieut.
Gribowskij, Dr. Iwan Iwanowitsch, Hofrath.
Grigorjeff, Wass. Wassiljewitsch., Inspector des Larinschen Gymnasiums.
Grimm, Alex. Iwan., Hofrath.
Gromow, Ilja, Ehrenbürger.
Gronten, W.
Grosdow, Fleg. Wassil., Wirkl. Staatsrath.
Grot, Jak. Karl., Akad., Wirkl. Staatsrath.
Gruber, Dr. Wenzel, Prof., Staatsrath.
Grünewaldt, Rodion Jegor. v., General-Adjutant.
Grunewaldt, Dr. Otto v.
Guljaew, Step. Iwan., Obrist.
Gütschow, A. D.
Haage, R.
Haartman, Dr. Karl v., Wirkl. Staatsrath.
Hagemann, Fed. Fed., Capit. 1. Ranges.
Hagemeister, J. v., Geheimrath.
Hasenjäger, Rob.
Hauff, Baron L. J.
Hauff, G. A.
Hehn, Victor, Oberbibliothekar, Coll.-Rath.
Helbig, Karl Fed., Coll.-Rath.
Held, August.
Helmersen, Gr. v., Akad., General-Lieut.
Helmersen, P. v., Wirkl. Staatsrath.
Heppner, Dr. Karl Fed., Prosector.
Herder, Dr. Ferd. v., Conserv. am Botan. Garten.
Herre, J., Lehrer am 1. Gymnasium, Hofrath.
Herrmann, Dr. Friedrich, Staatsrath.
Heuking, Dr. H., Hofrath.
Heuser, J.
Higginbothom, Dr. W., Staatsrath.
Hippius, Alex. v.
Hippius, Carl v., Staatsrath.
Hofmann, Dr. E., Generalmajor.
Hofmann, Dr. Const., Wirkl. Staatsrath.
Höppener, Dr. Joh., Coll.-Ass.
Horaninow, Dr. Paul, Wirkl. Staatsrath.

Hörschelmann, Dr. Wold., Coll.-Rath.
Hugenberger I., Dr. Th., Staatsrath.
Hisch, Dr. Fr., Staatsrath.
Illinskij, Timofei Step., Prof., Wirkl. Staatsrath.
Isylmetjew, Fed. Dmitrijewitsch, Marine-Lieut.
Iversen, Jul., Coll.-Ass.
Iwanow, Pamphil, Präparator am Zool. Museum der Akademie.
Iwaschinzow, N. A., Capitain 1. R.
Jacobi, Moritz, Akad., Wirkl. Staatsrath.
Jakubowitsch, Nik. Mart., Prof., Coll.-Rath.
Janysch-Janewsky, Wirkl. Staatsrath.
Janicki, Dr. Constantin Franzow., Coll.-Rath.
Jaworskij, Beamter des Finanz-Ministeriums.
Jelagin, Alexander.
Jelagin, Sergei Iwanowitsch, Capit. 2. Ranges.
Jelenow, Alex.
Jenken, Dr. Jul., Staatsrath.
Jeschow, N.
Junge, Dr. Ed. Andr., Prof., Coll.-Rath.
Jurgensen, Const., Pastor.
Jürgensonn, Dr. Wold.
Kade, Dr. Ernst, Coll.-Rath.
Kamenecki, Val. Jordanow., Staatsrath.
Kanschin, Dr.
Kap-herr et Comp.
Karatygin, Wlad. Andrejewitsch, Staatsrath.
Karell, Dr. Philipp. Jak., Wirkl. Staatsrath.
Kasem-Bek, Mirsa Alex. Kasimow., Prof., Geheimrath.
Karssakow, Alex. Semen., Artillerie-Capit.
Kasanskij, Nik. Petrow., Bibliothekar am Technol. Institut, Hofrath.
Kern, F. L.
Kessler, Karl Fedor., Prof., Staatsrath.
Keyserling, Graf Hugo.
Kiprianow, Valerian Alexandrowitsch, Obrist.
Kirchner, Jul., Director der Annenschule.
Kirillow, Alex. Semenow., Architect der Akad. der Wiss.
Klado, Fedor Nik., Coll.-Ass.
Kleinenberg, Th., Hofrath.
Kneuper, Friedrich.
Knjashewitsch, Al. Max., Wirkl. Geheimrath.
Knjashewitsch, Max. Dmitr., Wirkl. Staatsrath.
Knjashewitsch, Wladisl. Max., Geheimrath.
Knoch, Dr. J.
Knoop, Dr. Ed., Coll.-Rath.
Kochendörffer, Dr.
Koenig, G.
Koenig, L.
Königk-Tollert, Dr. Alex. v.
Koeppen, Fr. Th. v., Coll.-Ass., Secretair d. Entomologischen Gesellschaft.
Kokscharow, Nik. Iwan., Akad., Obrist.
Kolokolow, Al. Petr., Oberlehrer am 1. Gymn.
Komarowskij, Iwan Petrow., Obrist.
Konstantinow, Const. Iwanow., General-Major.
Kossowitsch, Ignat. Andr., Oberl. am Lar. Gymn.
Kotowicz, Kasimir Antonow., Coll.-Ass.
Kotschubei, A. W., Wirkl. Geheimrath.
Kotzebue, v., Marine-Lieut.
Kowalewskij, Ewg. Petrow., Wirkl. Geheimrath.
Krasnowskij, Marian Albert., Prof. am Technol. Institut, Staatsrath.
Krassowskij, Anton Jakowl., Staatsrath.
Krebel, Dr. Rud., Hofrath.
Krich, Dr. Georg.
K . . . , N.
Krich, Woldemar.
Kropotow, Dm. Andr., Staatsrath.
Krumbholz, W.
Kucherzynski, Joh. Th., Staatsrath.
Kudaschew, Fürst Nik. Iwanowitsch.

Kulakowski, Dr. Heinr. Kasim., Staatsrath.
Kunik, Ernst, Akad., Wirkl. Staatsrath.
Kupffer, Dr. Ad., Akad., Wirkl. Staatsrath.
Kupinski, Stanisl., Hofrath.
Kurganowitsch, Alex. Victorow., Oberlehrer am 2. Gymnasium, Hofrath.
Küttner, Dr. Karl, Prosector am Obuch. Hospital.
Kwizinskij, Michail Iwanowitsch, Coll.-Ass.
Lamanskij, Ewg. Iwanowitsch, Wirkl. Staatsrath.
Lamanskij, Jak. Iwan., Obrist, Director des Technologischen Instituts.
Lange, Dr. Nik. Ferd., Staatsrath.
Lange, Nik. Andrejew., Coll.-Rath.
Latyschew, Alexei Wassiljewitsch, Wirkl. Staatsrath, Curator-Gehülfe.
Laurentz, Th., Oberlehrer.
Lehmann, Dr. E.
Lehweas, Dr.
Lemm, Ed., Coll.-Rath.
Lenczewski, Anton Iwan., Staatsrath.
Lenz, Dr. Emil, Akad., Geheimrath. †
Lenz, Dr. E.
Lenz, Robert, Prof. am Technologischen Institut.
Lerch, Peter, Titul.-Rath.
Lerche, August Wassiljewitsch, Obrist.
Lerche, Karl Wassiljewitsch, Wirkl. Staatsrath.
Lerche, Th. Wass., Obersecr. im Senat, Hofrath.
Lemonius, J. Wilh., Director d. 3. Gymnasiums, Wirkl. Staatsrath.
Lesshafft, Fr., Lehrer an der Commerzschule.
Lesshafft, Peter Franzow., Coll.-Ass.
Lesshafft, Wilh., Hofrath.
Lewandowski, Wass. Prok., Coll.-Ass.
Lewschin, Alex. Iracl., Senator.
Lieven, Fürst P., Kammerherr.
Lichatschew, Iwan Fed., Contre-Admiral.
Lingen, Dr. Carl v., Staatsrath.
Lingen, Magn. v. †
Lingen, Robert v.
Lisianskij, Plat. Jurjew., Contre-Admiral.
Lohmann, Wirkl. Staatsrath.
Lugebil, Mag. Karl, Docent.
Lutkowskij, Peter Step., Admiral.
Lütke, Fr. v., General-Adj., Präsident d. Akademie d. Wissenschaften.
Lütke, C. v.
Magawly, Dr. J., Graf.
Mallison, George.
Manderstern, Alex. v., General-Major.
Marcus, Mich. Ant., Geheimrath.
Marcusen, Mart.
Margot, David, Director der Reform. Schule.
Marpurg, Pastor.
Martynow, Pawel Alex., Geheimrath.
Maximow, Max. Nikol., Coll.-Rath.
Maximowicz, Karl Iwan., Hofrath.
May, Carl.
Maydell, Dr., Baron Peter Astafj., Staatsrath.
Melnikow, Pawel. Petr., Ingenieur-Generallieut.
Mendelejew, Dmitri Iwan., Docent.
Mentinski, Rud. Ign., Oberlehrer am 2. Gymn.
Mercklin, Carl, Prof., Coll.-Rath.
Messerschmidt, Dr. Alex.
Metzler, Dr. Adolf.
Meyer, Dr. Cl. Fr., Hofrath.
Meyer, Dr. Oscar Ed. Ferd.
Meyendorff, Baron Jeg. Fed., General-Adjutant.
Michailow, Al. Wass., Oberlehrer am 2. Gymn.
Michailow, Wlad. Mich., Wirkl. Staatsrath.
Michel, Lehrer am 7. Gymnasium.
Mickwitz, Gerh. v., Staatsrath.
Middendorff, Alex. v., Akad., Wirkl. Staatsrath.
Miljutin, Dmitrij Alex., General-Adjutant.
Minzloff, Dr. Rud., Oberbibliothekar, Hofrath.

Mirbach, R. v., Capitain-Lieutenant.
Monkiewicz, Dr.
Morawitz, Aug., Conservator des Zool. Museums.
Moritz, Dr. Em.
Moritz, Dr. Jul., Coll.-Rath.
Mortimer, Herm.
Mossin, Joh. Reinhold, Coll.-Ass.
Murawjew-Amurskij, Graf Nik. Nik., General-Adj.
Musselius, Robert Wass., Marine-Capitain.
Nagel, Franz Jegor., Coll.-Ass.
Nossilow, Arzt am 1. Landhospital.
Nauck, Dr. Aug., Akad., Coll.-Rath.
Nawrozkij, Mich. Timof., Prof., Coll.-Rath.
Newelskoi, Gennadij Iwan., Vice-Admiral.
Nikitenko, Alex. Wass., Akad., Wirkl. Staatsrath.
Nikitin, K. N., Praeparator.
Nöltingk, G., Pastor.
Nordstein, Const. Petrow., Capitain 2. R.
Nordström, Christ. Andr., Staatsrath.
Norow, Abr. Serg., Wirkl. Geheimrath.
Nossowitsch, Paw. Iwan., Obrist.
Nottbeck, Dr. Eduard, Coll.-Rath.
Oesterreich, C.
Oesterreich, L.
Osten-Sacken, Baron Th., Coll.-Rath.
Owsjannikow, Ph. Wass., Akad., Coll.-Rath.
Pander, Dr. E.
Panin, Graf Nikita Nikit., Wirkl. Geheimrath.
Pape, W.
Papkow, Mich. Alex., Oberlehrer am Lar. Gymn.
Parrot, Moritz v., Ingenieur-Lieut.
Paschinnikow, A.
Patkanow, Kerope Petr., Prof.
Paulson, Dr. A.
Pekarskij, Peter Petr., Akad.
Pelikan, Dr. Eugen, Wirkl. Staatsrath.
Peplowsky, Dr. Adam. Dom.
Perewostschikow, Dmitr. Matw., Akad., W. Staatsr.
Perner, Christophor Iwan., Insp. des 2. Gymn.
Perosio, N.
Person, Dr. Iwan. Iwan., Wirkl. Staatsrath.
Perstschetskij, Al. Iwan., Coll.-Ass.
Petraschewskij, Semen Grigorj., Staatsrath.
Podgurskij, Fed. Alex., Coll.-Rath.
Poehl, A.
Politkowskij, Wlad. Gawril., General-Lieut.
Posselt, Dr. Moritz, Oberbibliothekar.
Possiet, Const. Nik., Contre-Admiral.
Postels, Alex., Geheimrath.
Postels, Fried. Alex., Oberlehrer am Lar. Gymn.
Poznanski, Dr. Franz Antonow., Coll.-Ass.
P....., E.
Preiss, Ad.
Pröbsting, Gustav v., Wirkl. Staatsrath.
Prochorow, P. A.
Pusyrewskij, Mag. Plat. Alex., Prof.
Pustschin, J.
Radloff, Edmund.
Radoschkowskij, Octav. Iwan., Obrist.
Radziwilowicz, Dr. Ign. Ossip.
Rakowitsch, Wass. Lukian., Hofrath.
Rauch, Dr. Georg Adolf v., Geheimrath. †
Rauchfuss, Dr. Karl.
Regel, Dr. Ernst, Director des botan. Gartens.
Reimer, Dr. Karl Danil., Wirkl. Staatsrath.
Reinhold, Dr. Emil, Geheimrath.
Reutern, Mich. Christoph. v., Geheimrath.
Richter, Dr. Alexander, Geheimrath.
Richter, Jeg. Christ., Oberlehrer am 2. Gymn.
Richter, Julius v., General-Superintendent.
Rimskij-Korsakow, Woin Andrejew., Capit. 1. R.
Ritter, W.
Rittich, A.
Rjedkin, Peter Grigorj., Prof., Geheimrath.

Rode, Andr. Karl., Generalmajor.
Rosen, Baron A. v.
Rosenberg, Dr. Moritz, Coll.-Rath.
Rosenberger, Dr., Geheimrath.
Rosenblum, Dr. Maximil. Karlow., Coll.-Ass.
Rosenthal, L.
Roshnow, Nikita Wenedikt., Prof.
Rosow, Nik. Ignatjew., Wirkl. Staatsrath.
Röttger, Karl.
Rshewskij, Wlad. Constant., Wirkl. Staatsrath.
Rukawischnikow, Wass. Nikit.
Ruprecht, Fr., Akad., Wirkl. Staatsrath.
S....., C.
Sablotzkij, Pawel Parf., Prof., Wirkl. Staatsrath.
Sadler, Dr., Wirkl. Staatsrath.
Sagorskij, Dr. Alex. Petrow., Wirkl. Staatsrath.
Samson v. Himmelstierna, Herm.
Saint-Hilaire, Karl Karlowitsch, Oberlehrer.
Samjatin, Dmitr. Nik., Geheimrath.
Sarshezskij, Jos. Adalbert., General-Major.
Satow, Fr.
Sawitsch, Alex. Nikol., Akad., Wirkl. Staatsrath.
Schachowskoj, Fürst.
Scheremetjewskij, Mich. Wass., Coll.-Ass.
Schiefner, A., Akad., Staatsrath.
Schilling, Baron Nik. Gustav., Capit.-Lieut.
Schmalhausen, Fr., Bibliothekar.
Schmidt, Eduard, Architect.
Schmidt, Dr. James, Wirkl. Staatsrath.
Schmidt, Mag. Fr.
Schnee, Dr. Heinr., Coll.-Rath.
Schneider, Carl, Obersecr. im Senat, Coll.-Ass.
Schneider, Emil, Coll.-Ass.
Schneider, Wilh., Geheimrath.
Schottländer.
Schrenck, Leopold v., Akad.
Schröder, Dr. Ernst, Coll.-Rath.
Schubert, Fr. v., General der Infanterie.
Schulz, Dr. Alex.
Schulz, Carl Alexander, Hofrath.
Schulz, Fr. Karlow., Wirkl. Staatsrath.
Schulz, Herm.
Schwabe.
Seeberg, P., Pastor.
Sege von Laurenberg, W.
Seidel, Dr.
Seljonoi, Alexei Alexejewitsch, General-Adj.
Seljonoi, Iwan Iljitsch, General-Major.
Seljonoi, Semen Iljitsch, Contre-Admiral.
Sellheim, Gustav Fedor., Inspector der Commerzschule, Coll.-Rath.
Semenow, Nik. Petrow., Wirkl. Staatsrath.
Semenow, Peter Petrow., Staatsrath.
Semenow, Victor Sem., General-Major.
Setschenow, Iwan Michail., Prof., Coll.-Ass.
Shukowskij, Dr. N.
Sidensnor, Karl Karlow., General-Major.
Sidorow, Mich. Const., Kaufm. aus Krasnojarsk.
Siebert, Julius, Coll.-Ass.
Siemaszko, Jul. Iwan., Wirkl. Staatsrath.
Sievers, Graf Nik.
Sievers, J. C.
Sievers, R.
Sinin, Nik. Nik., Akad., Wirkl. Staatsrath.
Skatschkow, A.
Skatschkow, Const. Adrianowitsch, Coll.-Rath.
Slawutinskij, Stepan Timofejewitsch.
Slevogt, Jul.
Smyslow, Peter Michail., Capit. d. Topogr.-Corps.
Sokolow, Nik. Alex., Oberlehrer am Lar. Gymn.
Sokolow, Nik. Paramon., Prof.
Solsky, Semen Martyn., Hofrath.
Solsky, Mart. Dmitr., Wirkl. Staatsrath.
Sowjetow, Alex. Wassilj., Prof., Hofrath.

Somow, Jos. Iwan., Akad., Wirkl. Staatsrath.
Sonn, Al. Wass., Oberl. am 2. Gymn., Hofrath.
Speyer, Nik. Karl., Staatsrath.
Spörer, Dr. Karl Heinr., Wirkl. Staatsrath.
Sresnewskij, Ism. Iwan., Akad., Wirkl. Staatsr.
Stackelberg, Baron Gr.
Stackelberg, Baron Adolf Fedor., Geheimrath.
Stehn, A.
Stein, Dr.
Stein, Fr. v.
Stenbock, Graf Jul. Iwan., Hofmeister.
Stepanow, Iwan Iwan., Capit.-Lieut.
Stephani, Dr. L., Akad., Wirkl. Staatsrath.
Stieglitz, Baron Alex., Geheimrath.
Stobaeus, Alex. Nik.
Strauch, Dr. Ed.
Strauch, Dr. Alex.
Strauch, Dr. Friedr.
Striedter, Ed. Fed., Hofrath.
Struve, Bernh., Wirkl. Staatsrath.
Struve, Heinrich, Hofrath.
Struve, Otto, Akad., Wirkl. Staatsrath.
Struve, Wilhelm, Geheimrath. †
Stubendorff, Dr. Julius, Geheimrath.
Stunde, Dr. Leonh.
Suworow-Italiiskij, Fürst Alex.
Svenske, Carl Fedor., Coll.-Rath.
Tanejew 2, Serg. Alex., Staatssecretair.
Tatarinow, Valer. Alex., Geheimrath.
Theremin, Dr. E.
Thielmann, Dr. H., Wirkl. Staatsrath.
Thieme, Georg, Obrist-Lieut.
Tiedemann.
Tiesenhausen, E. v., General-Major.
Tiesenhausen, Wold. v.
Timajew, Victor Matw., Hofrath.
Todtleben, Dr. Franz Samoil., Hofrath.
Trapp, Dr. Jul. Karl., Prof., Wirkl. Staatsrath.
Trautvetter, Rud. Ernst, Wirkl. Staatsrath.
Treborn, Dr. Const. Alexandr., Hofrath.
Troinitzky, Alex. Grigor., Geheimrath.
Tschebyschew, Pafnutij Lwow., Akad., W. Staatsr.
Tschewkin, Const. Wladim., General-Adjutant.
Tyrtow, Nik. Mich., Capitain 2. Ranges.
Ulmann, Dr. Carl, Bischof.
Ulmann, Otto.
Ulskij, Marine-Offizier.
Ustrjalow, Nik. Gerassim., Akad., W. Staatsrath.
Veichtner, Dr. Const. Const., Wirkl. Staatsrath.
Weselofski, Konst. Step., Akad., Wirkl. Staatsr.
Volborth, Dr. Alex., Wirkl. Staatsrath.
Wagner, A., Hofrath, in Pulkowa.
Wahl, Dr. E. v.
Wakulowskij, Nik. Andr., Coll.-Rath.
Walront, Peter Iwan., Marine-Lieut.
Wegner, Jegor Fedor., Oberlehrer am 7. Gymn.
Weisse, Dr. Joh. Fr., Geheimrath.
Weljaminow-Sernow, Akad., Coll.-Rath.
Welter, Pastor.
Weyde, Mich. Jak. von der, Obrist-Lieut.
Wiedemann, Ferd., Akad., Wirkl. Staatsrath.
Wiedemann, Dr. Herm., Coll.-Rath.
Winnecke, Dr. A., Vice-Direct. in Pulkowa, Hofr.
Winberg, Fed. Fedor., Wirkl. Staatsrath.
Winogradow, Andr. Step., Hofrath.
Wischnjakow, Nikolai Proch., Hofrath.
Wistinghausen, Dr. Const. v., Staatsrath.
Witakowskij, Dr. Ign. Wik., Staatsrath.
Wlassow, Alex. Nik., Staatsrath.
Wlassow, Anikita Semen., Director des 2. Gymnasiums, Wirkl. Staatsrath.
Wojewodskij, Arkad. Wassilj., Contre-Admiral.
Wojewodskij, Plat. Wassilj., Capit. 1. Ranges.
Wolkenstein, Peter Jermol., Wirkl. Staatsrath.

Woronin, Michail Stepanowitsch.
Woskressenskij, Alex. Abram., Prof., W. Staatsrath.
Wosnessenskij, Ilja Gawr., Conserv. am Zool. Mus.
Wrangell, Dr. Baron Karl Fedor. v.
Wrangell, Baron Ferd. v., Admiral.
Wreden, Dr.
Wnczichowski, Dr. Herm., Staatsrath.
Wulff, Dr. Fried.
Wulff, Bernhard.
Wulffius, Dr. Paul, Coll.-Rath.
Wyncken, G.
Wyrwicz, Bolesl. Antonow., Hofrath.
Zabell, Hugo, Bibliothekar am botan. Garten.
Zdekauer, Dr. Nik. Fedor., Wirkl. Staatsrath.
Zurcato, Graf N.
Zwjetkow, Jak.
3 Ungenannte.

Gouv. Saratow.

Holtze, Provisor in Kusnetzk.
Kirchberg, L.
Logwinow, Kreisarzt.
Norden, Accoucheur.

Gouv. Tambow.

Rosentreter, Stadtarzt in Borissogljebsk.

Tiflis.

Abich, Hermann, Akad., Wirkl. Staatsrath.
Berger, Adolf Petrow., Coll.-Rath.
Kersten.
Koschkul, Fr. v.
Kotzebue, Fr. v.
Köppen, Nikol. v.
Letz, Ch.
Radde, Dr. Gustav.
Ragosin, Alex. Iwan., Coll.-Rath.

Schmidt, B.
Schwarz, E.
Seidlitz, Mag. Nic. v.
Stebnitzkij, Jeron. Iwanowitsch, Capit. vom Generalstabe.

Gouv. Tobolsk.

Fanagorskij, Bezirksarzt.
Olgiati, N., Bezirksarzt.
Sdanewitsch, W., Operator.
Sertschalikow, Stadtarzt in Pelym.
Zellinsky, Dr. R., Inspector d. Medicinalbehörde.

Gouv. Tschernigow.

Kaminski, Lucian Iwanow., Stadtarzt in Bors.
Ljubarskij, Moisei Stepanow., Inspector der Medicinalbehörde.
Nikolajew, Alex. Alexandrowitsch, Kreisarzt in Koseletzk.
Scharschmidt, Nik. Karlow., Kreisarzt in Bors.

Gouv. Twer.

Becker, Karl Wilhelm., Architect.
Janewski-Janewitsch, Metscheslaw Antonowitsch, Stadtarzt in Stariza.
Newsorow, Michael Nikanor., Stadtarzt zu Nowo-Torshok, Coll.-Ass.

Gouv. Witebsk.

Sawtschenko, Peter Step., Kreisarzt in Surasch.

Gouv. Wjatka.

Fominych, Nik. Michail., Hofrath.
Jonin, Nik. Wass., Coll.-Rath.
Juferow.
Kronheim, Wass. Andrejewitsch, Coll.-Ass.
Kuklin, Al. M.

Krylow, N.
Nowatzkij.
Pjetuchow, Dmitrij.
Sawicki.
Skorbowskij.
Sanzow, Dr. Páwel Step., Insp. d. Medic.-Behörde.
Woroshzow, P. P.
Zwirko, Ludwig Adam., Coll.-Rath.

Gouv. Wolynien.

Die Aerzte des in Dubno stationirenden Odessaschen Ulanenregiments S. H. des Herzogs von Nassau.

Die Aerzte des 10. Dragonerregiments I. K. H. der Frau Grossfürstin Helena Pawlowna in Kowel.

Breslau:	Grube, Dr. Ad., Prof.
Dresden:	Cienkowski, Dr. L., Prof.
Jena:	Schiele, Dr. Eduard, Coll.-Rath.
Strassburg:	Schnitzler, M. J. H.
Stuttgart:	Adelung, Nikolai v., Wirkl. Staatsrath.
Wien:	Arneth, Dr. Franz.

Berichtigung.

Seite 28 Zeile 10 von oben lese man Dr. Eugen Pelikan.

Bedeutend *post festum*, jedoch noch immer nicht zu spät, langte folgendes Schreiben aus Stettin an:

Dem Herrn Akademiker

Dr. jubilatus von Baer,

Ehrenmitglied des Stettiner Entomologischen Vereins.

Excellenz!

Die Pommern müssen immer was Apartes haben! Wo Andere mit den Bajonneten sticheln, flegeln sie mit den Kolben, und wo Andere am 9. September ängstlich Tag und Stunde halten, gratuliren sie zum Doctorjubiläum in aller Gemächlichkeit erst am 6. November. Honni soit qui mal y pense! Warum musste auch die Giessener Naturforscherversammlung gerade in den September fallen, und warum wurde auch der amtliche Bericht der Stettiner Versammlung erst jetzt fertig?

Indem wir ein Exemplar des letztern unserm gefeierten Ehrenmitgliede hiemit ehrerbietigst überreichen, knüpfen wir daran den aufrichtigen Wunsch, dass unserm Verein die Ursa Major noch lange leuchte in körperlichem Wohlbehagen und mit der unverringerten geistigen Frische, welche unsern Heros in der Wissenschaft vor vielen Andern auszeichnet. Darauf ist heute bei der Feier unsers Stiftungsfestes ein schäumendes Glas von ganzem Herzen geleert worden!

Im Namen und Auftrage des Stettiner Entomologischen Vereins

der Präsident

Stettin den 6. November 1864.

Dr. C. A. Dohrn.

Dr. Heinrich Dohrn, welcher morgen eine naturwissenschaftliche Reise nach den Cap Verde-Inseln antritt, schliesst seine herzlich ergebenen Grüsse den meinigen an.

Stettin den 12. Februar 1865.

Dass auch das vorstehende Retardat wieder in den Abgrund der Verschleppung gefallen, ist weniger *meine* Schuld als die der blokirenden Dänen und die getäuschte Erwartung, dass Jemand diesen Brief und die dazu gehörige Denkschrift auf dem Landwege in Ihre verehrten Hände bringen wollte, dann aber nicht abgeholt hat. Aber nach dem weisen Worte *mieux vaut tard que jamais* schicke ich Ihnen heute wenigstens den Brief, und wenn ich die bevorstehende Reise nach Paris und Palermo glücklich gemacht und *Diis faventibus* im Mai wieder mich *ad penates* zurückverfügt habe, so wird der T. nicht wieder hinderliche Eier in die Dampfschifffahrt legen und das Ihnen bestimmte Exemplar des Naturforscherberichts mit neuem Sequester chicaniren.

Jedenfalls kann ich Ihnen nun heute mittheilen, dass Dr. Heinrich auf den Cap Verde-Inseln *feliciter* angekommen und dass er nach einem Aufenthalte von etwa 4 Wochen schon einen 8 Bogen langen Bericht losgelassen, laut dessen er mit seinen Erlebnissen und Ergebnissen ganz zufrieden ist, allerdings mehr mit dem malakozoologischen Theil als mit dem entomologischen; doch das war *a priori* vorherzusehen. Die tropische Hitze besagt ihm ganz wohl und er leistet Bedeutendes im Vertilgen von Orangen.

Bewahren Sie, hochverehrter Freund, ihm und mir Ihr freundliches Wohlwollen und seien Sie herzlichst gegrüsst

von Ihrem aufrichtig ergebenen

Dr. C. A. Dohrn.

Nach Abdruck des Contribuenten-Verzeichnisses sind nachträglich eingegangen aus Reval. . . . . 8 Rubel

und zwar durch H. Director Dr. Croessmann von:

Dr. Hehn, Collegien-Assessor, Kreisarzt in Jewe;

Dr. Pezold, Staatsrath, Wierländischer Kreisarzt in Wesenberg.

Seite 119 ist Heuser, J. zu streichen und Geiger, Dr. N. nachzutragen.